胡亮 著

片羽

胡亮诗选 2019—2022

图书在版编目（CIP）数据

片羽：胡亮诗选：2019—2022 / 胡亮著. —太原：
北岳文艺出版社，2022.10
ISBN 978-7-5378-6630-9

Ⅰ.①片… Ⅱ.①胡… Ⅲ.①诗集-中国-当代
Ⅳ.①I227

中国版本图书馆CIP数据核字（2022）第175973号

片羽

胡亮诗选 2019 — 2022

胡亮 / 著

//

出品人
郭文礼

选题策划
刘文飞

责任编辑
刘文飞

书籍设计
张永文

插图
冷冰川

印装监制
郭勇

出版发行：山西出版传媒集团·北岳文艺出版社
地址：山西省太原市并州南路57号　邮编：030012
电话：0351-5628696（发行部）　0351-5628688（总编室）
传真：0351-5628680
经销商：新华书店
印刷装订：山西人民印刷有限责任公司

开本：787mm×1092mm 1/32
字数：214千字
印张：8.25
版次：2022年10月第1版
印次：2022年10月山西第1次印刷
书号：ISBN 978-7-5378-6630-9
定价：59.80元

本书版权为本社独家所有，未经本社同意不得转载、摘编或复制

盆景与登山家

杨碧薇[1]

胡亮要出诗集,把写序的大任交给我,我诚惶诚恐,倒不知该从何入手了。这是因为,胡亮并不需要特别的表扬,无论是创作还是批评,他做出的成绩都有目共睹。反之,若想从他诗里抓出点明显的毛病,更是徒劳;他的机警,他成竹在胸的"狡黠",早就替他规避了诗的病灶。可以说,在这条独特的写作路数上,胡亮的建造已臻于完美。

正因如此,我曾在一篇小文里谈道:"传说中的空明拳,胡亮正是其传人,他左手批评,右手诗,双手可交叉,可贴合,亦可互搏。"——诗人批评家(或批评家诗人),既区别于一般的诗人,又区别于一般的批评家。他们应该是第三个物种:一方面,是诗人与批评家的总和;另一方面,又远远大于这个总和。他们的两个身份既有重叠与盘诘,更有热恋与滋养,就像两条树根在地表下彼此纠缠,而最终长出地面的,是一株郁郁葱葱的诗歌之树。

要说新诗的忠实使徒,胡亮绝对榜上有名。这些年来,他以极大

---

[1] 杨碧薇,云南昭通人。文学博士,艺术学博士后。学术研究涉及文学、摇滚、民谣、电影、摄影、装置等领域。出版诗集《坐在对面的爱情》《下南洋》《去火星旅行》,散文集《华服》,学术批评集《碧游或南红:诗与艺术的互阐》。

的热情、无限的韧性,对新诗进行持久而深入的观察,这种专注本身就值得敬佩。而他的诗歌,更是高度自觉的产物,是"阐释之难"结出的奇异果。这些诗,仿佛一诞生就跃过了青春期,一睁眼就学会了登山,还出人意料地身手敏捷。它们的存在,是为了展示新诗业已出现的一种成熟样态,展示新诗这一文体迄今为止的前沿成果。而胡亮正是这些诗歌健儿幕后的教练,他既是诗人,也是"登山家",经验丰富,知己知彼,深知出招前如何化解危险。

"索道的语速比盲人更快,还没说完/草甸、冷杉和油松,已然跳到/落叶松",在《小混混》里,胡亮如是讲述自己的登山经验。对这位诗歌的登山家来说,登山,是联通自然与诗歌的最佳方式。登山时,身体与想象力相连,"体力/急需想象力来接力";万物则与诗相连,"过了三千八百米海拔,/史诗快要进入紧要关头"。熟悉古典汉诗的人不会陌生:魏晋南北朝时期,登山诗已颇具规模。谢灵运曾写下"日末涧增波,云生岭逾叠"(《登上戍石鼓山诗》)、"涧委水屡迷,林迥岩逾密"(《登永嘉绿嶂山》),这个户外运动的狂热分子,甚至专门为登山发明了谢公屐。可以说,登山诗在汉语中构造了一个新的空间,吸聚了自然物象、玄学空谈、道家仙游,以及人的主体精神,并被后世不断推进、丰富。到胡亮手里,登山诗已有了新的当代景观,容纳了对当代生活与价值秩序的最直接反映:"被反复/叙及的唯有黑黢黢的乱石堆,/无序,/而有序,像一群群团坐的怪兽,/就读于一个湖的深蓝。"

不登山的时候,如何将山水留在身边?且慢,继续赏玩片刻山中风景——"是谁调配着红黄两种颜料,就是谁让小诗冒出了白发"(《无休》)。领悟过登山之乐与苦的登山家在暗示我们:诗歌小技,内藏大法。他写过洋洋洒洒的学术批评,在诗歌创作上,却放弃了雄辩与鸿篇,转身捡取微小的诗意灵光。这本集子里的诗都较为简短,看似随心所欲,实则铺陈着重峦叠嶂的风景——没错,有着"登山"

经验的胡亮,要的正是"只在此山中,云深不知处"的效果。他将山水据为己有的方式,就是制作盆景。

在新诗的型构上,胡亮创立了"盆景模范"。他写诗,就像在制作具体的盆景,在对山水进行微缩的复刻与再造。所谓盆景,要以有限的素材回应自然,要于方寸辗转中见证天地,并以精细表达通往悠远之境。这与他的批评正好构成了对位关系。批评需要的是全景视角,须有对历史与现时、母语和他者的全面把握,如同园林设计。而在创作时,胡亮用的是放大镜,是花铲和玉婉刀。他精心挑选花盆、土壤、砂石,砌山引水,栽花种叶,打造出既蕴含古典意趣又富有当代精神的盆景展览馆。

众多盆景中,词是异常重要的一部分。词的拣选还只是第一步,第二步是安置。哪个词该和哪个词依偎,哪个词又该与哪个词疏离,如影随形也好,隔山相望也好,都得不露斧痕。通过安置,胡亮唤醒了词的深层性格,将其摁到另外的频道上再度激活,使其焕发新的意义。词的相会带来异数与陌生,为诗歌输入了清鲜的负离子。例如:"秋风吹落了我的心脏,我却在小叶桉、刺槐/和香椿之中找到了无穷的替换物"(《半枯》);"我娶了坐过火车的芒果,初中的黄金的芒果,/多汁而快活呻吟的芒果,/有雀斑的卷发的芒果,更多汁的菠萝,/戴银手镯的猕猴桃"(《化身》);"肉桂,紫薇,腊梅,黄杨木,银杏,/罗汉松……每棵树都乐于为你修枝,/为我修枝"(《五里溪》)……

以上诗句也正好说明,胡氏诗歌盆景最打眼的特征,莫过于集聚了大量植物方面的词。而在《弹奏》《异禀》《放弃》等诗里,各种动物也加入了合奏。"窗外有山,有水,有白额的猛虎惊散了/白鹭"(《坐骑》)、"逐字逐句读到了结满果子/的银杏树,多刺的槐树,/绿得发黑的松柏,像是落满了枯叶蝶/的青冈树。还有渊博的斑鸠/和白鹤"(《群贤》)……看得出,对人与自然,胡亮持有同等的尊重。

他首先要表达的是人,同时在不断发现自然,追问人与自然的关系,探索人、自然与文学结合的可能性。这种诗歌生态观显然与道家思想扪掌,又与当今人类生存的后现代现实同步,实现了复古与先锋的辩证统一。如此看来,胡亮的盆景更是一个生态圈。依尤克斯考尔之见,"生态圈"与"环境"有所不同,前者不只是单一元素的集合,而是由有意义的载体组成,正如"黑松和狐狸精在被辜负的刹那就精通了放弃"(《放弃》),正如"朋友——/请记得用音孔的专列,运走这紫葳,/这斑竹,这灯笼花和画眉鸟"(《交通》)。

  词只是盆景的原材料,接下来要做的,就是用有效的叙述对原材料进行黏合、加固。对此,胡亮有近乎完美的掌控力。他是一位拒绝失控的诗人,在他的盆景中,没有慌乱的搅扰,也没有幼稚的余地。诗里的他姿态自信,语言从容;而他显然也洞悉自己的本领,并为此自豪——"我特别擅长转动群山"(《六月》)。如此泰然,固然与性情有关,又与他对文学尤其是新诗这一文体的熟谙程度有关。对诗歌的理解与写作掌控力是成正比的,在这一点上,胡亮的诗人身份与批评家身份相得益彰。

  《仙境》一诗便是典型的胡亮式书写,全诗只有短短四行:"这片指甲大的仙境还没有被密探撞破:红尾/水鹁越来越多,斑鸠和黑尾/蜡嘴雀也越来越多,它们从玛瑙堆里选走了/黄色、黑色或灰褐色的草籽。"诗中的"仙境"是什么呢?它可能源于自然物象,比方说,是树林或湿地——因为诗人接着就提到了各种鸟类和草籽。"指甲大的仙境"让人想到福克纳笔下的约克纳帕塔法县,他称之为"邮票般大小的故土";在这片故土上,福克纳操翰成章,近乎固执地探寻着生命的奥秘。《仙境》之妙,亦在于以小窥大,诗人并不把"仙境"抖搂清楚,只将一个隐秘生动的幻彩空间展示出来,把想象的特权交给了读者。

  《仙境》不能代表胡亮诗歌的全貌。在《浮云》《半枯》《放弃》

《无休》《阿富汗》等诗里,隐藏了紧张和疑问。尽管如此,诗人依然鲜有商榷或质问的口气,他宁愿用感叹或调侃,从问题的侧面绕道而行,将矛盾一扫而过。他似乎在说:有的时候,释然比刨根问底更重要;对于诗的神秘,要学会"睁一只眼闭一只眼"。这种处理方式悬置了"答案",明示读者,诗的目的不是为了答案。一首好诗的魅力就在于有无数歧途,有无限解读。胡亮不是早就说过了吗?"无数松针相互弹奏,/根本分不清键盘或手指"(《弹奏》)。

我还想谈谈胡亮的赠诗。中国古代文人颇有赠诗,胡亮亦有为数不少的赠诗。他本人应该是很看重赠诗,在编这本诗集时,赠诗占了不小的比例。汉语诗歌言志缘情,更有知音传统。新诗里的赠诗,亦在回应伟大的知音传统。而赠诗成功与否,与诗人对赠寄对象的了解程度有关。赠诗,正是为了与对方精神共振,甚至通过对话,推动共建某种价值体系。

诗人蒋浩,生于巴蜀,揾食于琼崖,是胡亮好友,胡亮为其作诗《金华山》。诗中言及两人的一次通话,那时,胡亮恰好在山上。"你从一个孤岛打来电话:'余生紧急,/焉能旁骛?'"能说出"余生紧急"的蒋浩,显然是对自己的诗人身份、无法留住的时间产生了难解的焦虑,"为了做诗人,只求当/保安"。面对友人的疑惑,登山家胡亮用一帧具体的场景作答:"两个小道士扫着落叶,两个女道士/打着羽毛球……/他们的每块肌肉,/都没有文字勒出的哪怕一小块瘀青。"我们无法断定,在那次登山中,深受道家思想浸染的胡亮,是否真的遇到了道士;但可以肯定的是,他已经回应了蒋浩的问题。这些自得其乐的道士们,并没有为自己的身份设限,只是顺其自然地活着;不刻意、不强求的态度,正是胡亮想与友人共勉的。

另一首《小语种》,是间接赠予同代诗人胡续冬的挽诗。虽与胡续冬惜无面缘,胡亮还是精准地抓住了其特点,即"方言勾兑了'小混混美学'"。他还由衷感慨"至于猫星,/必将因你而成形,必将因你而得名"。熟悉胡续冬的人，对此话自不会陌生；不熟悉胡续冬的人，也能通过此诗看到一个立体生动的胡续冬形象。《小语种》恰恰说明："知音"不只是伯牙子期式的鼓琴听音，哪怕有空间的阻隔，"知音"也可以在纯精神的范围内发生。这种超时空的对话性正是文学的奇力，更是诗歌的伟力。

恰若登山之道蜿蜒通幽，盆中亦藏洞天曲水，赠诗中也会有一些密语。在致吕德安的《五里溪》里，出现了一句引语，"正好忘了写诗"。这句话或出自吕德安之口，但它并非我们关注的重点。重要的是诗至此处，该如何继续。在"这座山中别墅"，诗人忘记写诗，胡亮闪抛出一句："不过半个下午，青苔爬上了我的双臂。"叙述到此为止，言外之意仍在蔓延。密语的存在，体现出赠诗的独特性：赠诗应在个体性、公共性和交往性之间找到平衡点，它要的就是半卷半掩，就是留三分话不去点破，妙在心领神会间。

那就让我们继续心领神会吧，此文也该结束了。总体而言，胡亮近年来的诗歌写作更近于"去蔽"的状态，他窥破了诗歌的诸多面具，继续往未知的山顶攀去，探寻更加复杂幽微的秘密。而盆景，就是他登山领悟的结晶。在这些盆景背后，我看到了一个高度成熟的中国现代诗人／文人形象：他才学兼备，一边神采飞扬，一边温文克制；有诗的激情，也有对待人世的平常心；有沉稳老练，却不失诗心与童心。晚清以来，中国知识分子在历史浪涛中艰难成长，而新诗在为"诗人＋知识分子"提供新的试验场的同时，也无意中加剧了其成长之痛。任何时候，走在精神道路前端的人，都背负着真理的十字架，率先领悟着时代之悲与欣、喜与怒、撕裂与痛楚、绝望与希望。诗人在诗歌里呈现的自我形象，正是这一路探索的真实反映。从这个视角来看，胡亮未尝不是新诗的领路人。

2022 年 3 月 9 日　北京

冰镇浪漫主义

胡亮

作者公开谈论自己的作品，显而易见，算不上什么明智之举。按照美国新批评的观点，既要切断读者与作品的关系，以杜绝"感受谬见"，还要切断作者与作品的关系，以杜绝"意图谬见"。感受，是读者的感受；意图，是作者的意图。如果作者碰巧又是个专业读者，比如所谓批评家，还有可能出现两种谬见相叠加而不是相抵消的现象。当作者是诗人（而非小说家），作品是诗（而非小说），情况就会更加复杂乃至滑稽。可是，杜绝感受谬见，却不能抹黑"读者反应"的想象力（如虎添翼的想象力）；杜绝意图谬见，也不能殃及"传记批评"的考据学（以史证诗的考据学）。脏水是脏水，婴儿是婴儿。对新批评的反复斡旋，后来呢，发育成了这样两种阐释学：一种以驱逐意图谬见为己任，或被称为"读者保卫派"；一种以驱逐感受谬见为己任，或被称为"作者保卫派"。两派既有可能发生巷战，又有可能眉来眼去地围坐在作品的四周（美美与共，令人神往）。本书的责任编辑，刘文飞先生，大概暂时属于作者保卫派——正是遵照他的建议，我才临时抱佛脚，动手来写这篇计划外的自序。所谓自序，既卖不了乖，又讨不了好，乃是一种吞吞吐吐的文体。这种忐忑，究其实，缘于对作者保卫派的高估。最终的释然仍然缘于一句老话"诗无达诂"，这句老话也许倾向于揭橥一个真相——作者公开谈论自己的作品,为害甚微,绝对不会导致读者保卫派的大面积缺席。

写完这段不可谓不扭捏的开场白,才能叙及我的写作史——新诗写作史,而非新诗评论写作史。可能很多人都有这样的印象,对我来说,新诗评论才是"嫡出",新诗不过是"庶出"而已。胡亮?新诗?"手痒"而已,"小长假"而已,"见色起意"而已,正应了李敖先生那句著名的怪话——"除了心没动,全身都在动。"然而,这并非事实。在很早的时候,十四五岁,我就想要当一个诗人。此后去蓬溪师校读书,去庭英小学教书,去四川教育学院读书,六七年内,我涂鸦了数以百计的新诗。是的,还上过《星星》呢。从残存的手稿和样刊来看,如无意外,我将见风长成一个貌似不平庸的诗人,一个傻白甜的诗人,一个诗而美则优的诗人,一个被文艺青年热爱到热泪盈眶的诗人。然而,很快,我就觉知到了——其一,我并没有新诗的天赋;其二,新诗的天赋必定邻于"某种危险"。我的新诗写作史的中断,成了新诗评论写作史的发端——在四川教育学院读书,从1996年到1998年,我细读了李方先生所编《穆旦诗全集》,写出一篇毕业论文,题目大概就叫作《"丰富和丰富的痛苦":穆旦诗的主题学研究》。2018年,中国人民大学王家新先生相邀,欲我参加"纪念穆旦诞辰百年学术研讨会"。我找出并重读这篇毕业论文,羞愧无地,哪里还敢再去北京当众宣读!然而,不管怎么样,这篇毕业论文启动了一个人的平生志业:我先后撰成了——或接近撰成了——诗人论《窥豹录》、诗学札记《诗珠》及八十年代巴蜀先锋诗断代史《朝霞列传》。出于学习或研究的需要,2014年以降,我精读或浏览过数以千计的新诗集;出于服气或不服气,同时写下了数以百计的断章散句。2019年以降,我开始整理这些断章散句——改写,扩写,重写,更多地新写,就收获了这部新诗集《片羽》。如果说《窥豹录》和《朝霞列传》都只是睇睨他人,那么《诗珠》和《片羽》才算是裸裎自我。

要问我都写出了什么样的新诗？不外乎以下七类：吊古诗、怀旧诗、感时诗、赠友诗、咏物诗、论诗诗，以及作为一个大宗的游仙诗。先来说吊古诗——比如《风流》和《夜难寐》，前者献给清代诗人张船山，后者献给唐代诗人陈子昂。张船山和陈子昂都是吾乡之先贤，在一篇小文章里面，我曾经这样谈到他们："在美国学者斯蒂芬·欧文——亦即宇文所安——看来，陈子昂可以视为李白的前奏。而在两位清代学者——吴修和顾翰——看来，张船山可以视为李白的再世。"可以毫不夸张地说，两者，完全可以代表吾乡之古典诗传统。我将《风流》置于全书卷首，既是向张船山也是向古典诗传统致敬——想想吧，张船山，他的父亲，他的兄弟、堂兄弟、众妯娌、众姐妹，全都能写诗，那是一种多么引人入胜的风流啊？引人入胜，久已失传。再来说怀旧诗——比如《避秦》和《惊艳》，前者献给罗马尼亚体操玉女科马内奇，后者献给英国作家伍尔夫。1992年，我见到了少女科马内奇的一帧照片：她穿着紧身体操服，背对着读者，啊，多么善解人意啊，忽然又扭转了白玉面庞，让我们在看到其纤腰的同时，也能看到其无辜的星眸和无可挑剔的瓜子脸。1997年，我见到了中年伍尔夫的一帧照片。如果说科马内奇已经臻于青春、人体和清澈的至高境界，那么伍尔夫已经臻于独立、高贵和忧郁的至高境界。两帧照片，都如神迹，前者见于《世界美人鉴赏录》（上海文化出版社"五角丛书"之一种），后者见于《海浪》（上海译文出版社"二十世纪外国文学丛书"之一种）。接着说感时诗——比如《凶手》和《阿富汗》，前者叙及印度村民以菠萝炸弹诱杀孕象的时事，后者叙及阿富汗若干当代女性的痛史。另有作品，还曾叙及亚马孙火灾和美军对伊朗名将卡桑-苏莱曼尼实施的斩首行动。接着说赠友诗——比如《清凉》和《天欲雪》，前者赠给蔡天新先生，后者赠给王家新先生。2019年，蔡天新邀我共游浙江杭州、丽水、洞头及泰顺。2020年，我陪王家新共登射洪金华山及独坐山。前述两件作品，不过是纪行纪游而已。另有作品，分别赠给阿野、敬文东、冷冰川、张杰、杨碧薇、吴常青、黄小初、于奎潮（马铃薯兄弟）、柏桦、灰娃、吕德安、蒋浩、陈先发等各位师友。还有若干献诗和挽诗，似乎也应该归入这个序列。献诗比如《余晖》和《后悔药》，前者致父亲，后者致母亲。挽诗比如《托孤》和《小语种》，前者挽陶春，后者挽胡续冬。我与灰娃前辈和冷冰川先生迄未见面，与胡续冬并不相知，有所感，居然也就波动成分行文字。接着说咏物诗——比如《惨败》和《星星》，前者咏夹竹桃，后者咏墨蚊儿。咏物诗而能穷形尽相，首推杜甫，我的几首当然不值得多费笔墨。接着说论诗诗——这是我的杜撰，也就是所谓元诗——比如《干脆》和《烹饪》，前者论及世俗生活如何让诗延了期，后者论及情感如何对诗抢了先。这样两种情况，当然并非罕见：世俗生活太凶猛，诗只好掉队；情感太强烈，诗只好靠边；掉队仍能收获佳句，靠边只能得到坏诗。

我的分类法也许只能反证我的无知，或无能，看上去确实就很瓜。比如《杭州》，是赠友诗，也是论诗诗。这件作品牵扯到我与蔡天新的一桩公案——2021 年，杭州，我们一边吃料理，一边聊及汉语的式微。汉语的式微，当然是一个悬剑般的大问题。我意，应交由诗人来解决；他说，应交由语言学家来解决。虽然小争了几句，也无妨，且让他坚持他的"平易""晓畅"和"语言至上论"，就让我坚持我的"妖娆""陡峭"与"言语至上论"。他当然会吸引多数的读者，而我只能征服少数的读者。《杭州》继《新诗去从论》之后再次出示了我的汉语立场，"找回更多的汉字，发明更多的鸳鸯"，蔡天新却怀疑此处误用了动词。他问我："发明？"是的，这正是诗人与语言学家的致命之别。

似乎已经穿过了太多的小密室，我们终于来到了一个大套间。现在，重点说游仙诗——比如《放弃》《照看》《仙境》《浮云》《低估》《群贤》《火棘》《无休》《忘机》《悟空》和《无遮》。从某种程度上讲,吊古诗也罢,怀旧诗也罢,感时诗也罢,赠友诗也罢,咏物诗也罢,论诗诗也罢,几乎全都是游仙诗。游仙诗是古典诗的一个小传统,主要有两个大宗:一个大宗是"神仙"(寄望于神仙),一个大宗是"山水"(托身于山水)。两个大宗,时有交错。由此,我们可以清楚地看到,古代游仙诗与道家和道教颇有关系。我在少年时代读过的东晋诗人郭璞,就既是游仙诗鼻祖,又是风水学鼻祖。南朝理论家刘勰讲"正始明道,诗杂仙心",又讲"庄老告退,山水方滋",上句说"道"的蓬勃导致了游仙诗(这个没有问题),下句说"庄老"的避让导致了山水诗(事实并非如此)。我认为山水诗意味着游仙诗的泛化,与此同时,山水诗意味着道家哲学向道家美学的转化。如果把"山水"解释为"自然",把"神仙"解释为"自然规律",所谓游仙诗也就类似于近来盛行的"自然文学"。自然文学的奥义与要领,一个是大地伦理,一个是地方感,一个是非人类中心主义。如果回译成老庄哲学,无非就是避免"天人交战"而促进"天人相合"。《化胡经》写到一个穿天青色长袍的道士用树根接好了断腿,《金华山》写到两个打羽毛球的女道士从手心里沁出了松脂,两者,都是游仙诗,又都是自然文学吧?我当然并不是道教徒,却像郭璞那样爱山水,像李百川那样爱绿野,因而不厌其烦地写到吾乡的西山、渠河、涪江、较少的动物和较多的植物。以我观我,以我观物,以物观我,以物观物,不过四站路,我却来回走了几十年。最终得到了什么呢?除了平静,就是喜悦——这恰好是对前述"某种危险"的解除。稍微夸张一点儿来说,"我"已经得到了或得到过"无我":"这片指甲大的仙境还没有被密探撞破:红尾/水鸲越来越多,斑鸠和黑尾/蜡嘴雀也越来越多,它们从玛瑙堆里选走了/黄色、黑色或灰褐色的草籽。"

前文已从主题学的角度交出一份自供,后文将从修辞学的角度寻来一份旁证。在论及《非李》的时候,有位北方学者引用江弱水先生的观点,说此诗大体上乃是"棋手的诗",而非"赌徒的诗"。按照江弱水的说法，"赌徒的诗"——比如李白的诗——乃是"神力""灵感""迷狂"和"空手套白狼"的结果，而"棋手的诗"——比如杜甫的诗——却是"手艺""冥思苦想""推敲"和"不断试错"的结果。江弱水还引来刘勰的《文心雕龙》，"权衡损益，斟酌浓淡"，又引来南朝萧衍的《围棋赋》，"今一棋之出手，思九事而为防"，反复论证何谓"棋手"、何谓"棋手的诗"。我确实一直致力于字字必较、步步为营，来读《小混混》的前十行："索道的语速比盲人更快，还没说完／草甸、冷杉和油松，已然跳到／落叶松。过了三千八百米海拔，／史诗快要进入紧要关头——／寒冷开除了大部分植物，被反复／叙及的唯有黑黢黢的乱石堆，／无序，／而有序，像一群群团坐的怪兽，／就读于一个湖的深蓝。嘘——／索道咬断了舌头——"此种修辞不能不说是复杂修辞：一条线索是攀登冰山，由低到高；一条线索是吟诵史诗，由缓入急；两条线索合为一条线索，故而索道既有舌头亦有语速，故而视觉形象也就突变为听觉形象；细节与细部方面，定题、起兴、用喻、通感、夸大与缩小、炼字、造句、跨行、设色、定调、留白乃至诗速与诗形，肯定不能说，没有下过一番雕虫的功夫。也许，就大概率而言，我并没有锻造出"棋手的诗"，也暌违了"赌徒的诗"（暌违了那种可贵的冒失、冲动、热烈、孤注与孤胆）。"棋手的诗"与"赌徒的诗"，两者的对峙，被江弱水引申为古典主义与浪漫主义的对峙，现代主义与超现实主义的对峙。"棋手的诗"，邻于古典主义与现代主义；"赌徒的诗"，邻于浪漫主义与超现实主义。诸如此类的区分与判断，当然只是假想或绝对理论，因为赌徒不妨是棋手，而棋手不妨是赌徒。那么，并非出于对"博弈互济"的觊觎，我反而乐于自领一顶这样的冷色花帽子——"浪漫主义"，不，"冰镇浪漫主义"。

2022 年 3 月 6 日

目录

001 | 风流
002 | 无辜
004 | 合乎礼
005 | 虚无
006 | 教育家
007 | 神殿
008 | 上游
009 | 保密
010 | 冰酒
011 | 弹奏
012 | 教堂
014 | 作业
015 | 异禀
016 | 余晖
017 | 宽恕
018 | 放弃
019 | 巧舌
020 | 悲欣
021 | 味觉
023 | 坐骑
024 | 羞煞
025 | 惨败
026 | 照看
027 | 针眼

028	|	三本书
029	|	宿醉
030	|	仙境
031	|	顾不得
032	|	火舌
034	|	修改
035	|	星星
036	|	放慢
037	|	清凉
038	|	疼爱
039	|	送还
040	|	云泥
041	|	浮云
043	|	新颖
044	|	低估
045	|	懵懂
046	|	无效票
047	|	干脆
048	|	不敌
049	|	徒劳
050	|	藏身
051	|	然而
052	|	不客气
054	|	蜉蝣
055	|	清冽
056	|	落叶
057	|	苦肉计
058	|	次第
059	|	道歉信

060	没开窍
061	芳邻
063	坦然
064	青春
065	烹饪
066	群贤
067	闪电
068	龙吟
069	镜花
070	水仙
071	住院部
072	寄北
074	怩怩
075	蓝花楹
076	杯中物
077	万神殿
078	迁徙
079	火棘
080	巨人传
081	凭窗
083	孤儿院
084	待旦
085	野马
086	无尽
087	私有制
088	唯物
089	诗教
090	凶手
091	照妖镜

| 092 | 明灭
| 094 | 听者
| 095 | 两河口
| 096 | 歧义
| 097 | 鹭栖湖
| 098 | 得闲
| 099 | 小树林
| 100 | 分寸
| 101 | 痕迹学
| 102 | 魔术师
| 104 | 夜难寐
| 105 | 丰收
| 106 | 千岁忧
| 107 | 小团圆
| 108 | 辩经
| 109 | 悖论
| 110 | 独立日
| 111 | 捷报
| 113 | 避秦
| 114 | 非李
| 115 | 无休
| 116 | 荒诞派
| 117 | 托孤
| 118 | 盲鱼
| 119 | 天欲雪
| 120 | 枯叶
| 121 | 否定
| 122 | 围城
| 124 | 半枯

| 125 | 无　论
| 126 | 忘　机
| 127 | 化　身
| 128 | 错金银
| 129 | 考古学
| 131 | 香　贼
| 132 | 四　月
| 133 | 五里溪
| 134 | 恍　惚
| 135 | 杜　甫
| 136 | 六　月
| 137 | 求诸野
| 138 | 老校区
| 140 | 交　通
| 141 | 若尔盖
| 142 | 半山观
| 143 | 须弥山
| 144 | 杭　州
| 145 | 阿富汗
| 147 | 小语种
| 148 | 即　物
| 149 | 悟　空
| 150 | 左　岸
| 151 | 九　月
| 152 | 假　牙
| 153 | 大无奈
| 154 | 思过录
| 156 | 化胡经
| 157 | 钻石胃

158 | 无　遮
159 | 惊　艳
160 | 萧　衍
161 | 白骨观
163 | 日　记
164 | 小混混
165 | 天　涯
166 | 重　案
167 | 神仙传
168 | 养　虎
169 | 席　书
170 | 金华山
172 | 虚　惊
173 | 儿童节
174 | 译　本
175 | 露营记（其一）
176 | 双人床
177 | 后悔药
178 | 石头记
179 | 乌克兰
181 | 看　山
182 | 凤尾蕨
183 | 易碎品
184 | 露营记（其二）
185 | 上　巳
186 | 兔子窝
187 | 落　差
188 | 伶　仃
189 | 露营记（其三）

| 190 | 露营记（其四）
| 192 | 露营记（其五）
| 193 | 小　满
| 194 | 不　够
| 195 | 下午茶
| 196 | 上　邪
| 197 | 露营记（其六）
| 198 | 传灯录
| 199 | 小　参
| 201 | 雨　罢
| 202 | 天　涯
| 203 | 史　诗
| 204 | 露营记（其七）
| 205 | 两茫茫
| 206 | 北　极
| 207 | 白　鲟
| 208 | 无　为
| 209 | 入　伏
| 210 | 得　山
| **212** | 附　录　诗珠（节选）
| **240** | 后　记

风　流
致张船山

好山好水付与性灵派，亥白先生也不敢
多让船山先生。比如说巫峡，
同时给兄弟俩传授了诗篇，却被他们
赠给了彼此。亥白的妻子陈缃箬女史，
以及旗山先生的妻子杨古雪女史，
也能幽然追随船山的尾韵。而船山，
为妻子林颀女史画了一帧小像，很快
就收到了她的献诗。他追随妻子的尾韵，
在三九天写出了和诗。——这两首七绝
都清绝，都写到了梅花。
真是美妙得没完没了。既说到遂州张氏
家族，还应该提到饮杜先生，
淑徵女史，怀芸女史和问筠女史
……我的小卷尺，怎么丈量得了乾嘉
风流？罢了，且让我们
再喝几杯桂花酒，浑不管户外积雪盈尺。

2019年

无　辜

当我手持剑桥科技史，西山就显得
更加无辜。说到科技史，
想起兴奋剂：两者都是隐形制度的逆鳞。
这可是无敌的制度——
它设计了细腰蜂的细腰，设计了
大象的长牙，又让细腰蜂、大象和枯枝
重返了高高的树杪。

2019年

无题 尺寸不详 年代不详

合乎礼

大象移动着巨腿,合乎礼。
细腰蜂一边采蜜,一边授粉,合乎礼。
饥肠辘辘的老虎抓住了小鹿,
或小鹿居然挣脱,合乎礼。
猎户放走了怀孕的母鹿,
母鹿并没有因此减少惊恐,合乎礼。
森林里没有人迹,合乎礼。

2019年

虚　无

从地下的虚无,到树根,再到树干和树冠,
还没有开通火车。
树皮表面密布着悬崖,里面却掖着无数座
细胞提灌站:借靠这样的坦途,
虚无将水和密令扬送给哪怕最边远的枝叶。

2019年

教育家

何谓西山?除了白雀寺,就是柏树、松树,
还有恒河沙数的幽灵。这些芳邻都是
伟大的教育家,他们小声
嘀咕,却被误听为群蝉聒噪,
——然而,不,嘀咕与聒噪都越不过
两指宽的西山路。
西山路以东,聋子与哑巴混成了茫茫。

2019年

神　殿

银杏树顺从了铁锹的癫痫病,顺从了
秋风的法典,——以其无敌的柔荏。
而我的近视眼,无心地无视着
她的无语。秋天来了,
按照神秘人物的安排,我住进了
市委党校招待所。是在几楼窗口呢,
我终于看清了银杏树的果实:
每颗都没有怨气,没有怒气,
每颗都致力于组合成——
不是一把小算盘——而是一串串
青绿色的神殿。

2019年

上 游

麻雀掠过灰色的办公楼,它的小翅膀
蘸到了青年科长的一滴忧愁。
这忧愁的地下河,可以溯源到局长、厅长,
以及满头飞霜的老部长。
麻雀蘸到了一滴忧愁,惊悉了无垠的上游。

2019年

保 密

西山以东,是西山路,西山路以东,是若干个小区,小区以东,就是保密的渠河。
米兰丛生于渠河两岸,不欲暗薰加入任何男女。

2019年

冰　酒
致阿野

喝多了。喝多了。不断有人醺然离席，
最后剩下来你和我。
"如果善成全了恶……"
聊到这个话题，那就再开一瓶冰酒吧，
让我们转而聊到经霜的葡萄。

2019年

弹　奏

那个女生为考音乐学院，买回来一架从德国
进口的三角钢琴。当时秋风正紧，
十余只白鹭弹奏着流水，偶尔跃出鲫鱼
般的休止符。几只松鼠
弹奏着松针，无数松针相互弹奏，
根本分不清键盘或手指。
秋风的手指呢，也从黄叶滑向了真理般的枯枝。

2019年

教 堂

黄桷兰香了西山路派出所,香了手铐和刚到案
的小偷乙。这家伙让我想起了曾经就读
的县立师范学校:寒假前的某个深夜,
我们抓住了小偷甲,兴奋地,把他扔进了
男生宿舍前面的水塘。
……这么多年过去了,我才得以与这两个小偷
一起走进黄桷兰的哥特式教堂。

2019年

断风筝 39.5cm×25cm 1984年

作 业

乌云策划着豆子般的雨点,撒向了——
不是昔日的水田——而是下午的 U 咖啡馆。
那又有什么区别?当我冲泡
一壶白茶,那忽而旋转的反而是往事。
什么都在加速:不过二十来分钟,
爬山虎的嫩叶或枯茎——像虎爪,
也像鱼尾纹——已经探到了二楼,
碰到了我的额角。
就在安业街五十五号,在安业街
和桂苑巷的夹角。不过二十来分钟,
小邓还没有磨好咖啡,
她的五年级女儿还没有写完作业。

2019年

异 禀
致阿嘎子金

小仙女阿嘎子金,泪痣如晨星,她脱离了凉山
和青冈树林,来到一座不讲理的小别墅。
就如象牙脱离了象,犀牛角脱离了
犀牛,油彩般的尾翎脱离了
孔雀,美味的胸鳍、腹鳍和尾鳍脱离了
眼看活不成的鲛鱼……我是多么地担惊受怕:
即便只有几位,天才啊,祝愿你们
在自己的异禀中永远平安……

2019年

余　晖
致父亲

那不是一口痰,而是一堆水蛭,吸附于你的
喉咙内壁。三爹,你加入了扑克协会,
又加入了落日协会。洗牌的时候,
你用枯枝般的手指,夹入了一张点数不明的余晖。
你用急性子,用嘟哝和咒骂,居然干掉了
水蛭协会的小半个会员。

2019年

宽　恕

宽恕之语义,其一,可能呢,就是慈航
与花椒的混合物。麻了心。
其二,也可能呢,就是高傲的花边。
像秋刀鱼蘸上了柠檬,这高傲
好看又好吃。
其三,还有可能呢,乃是无力感的蛋壳,
蛋壳的彩绘。接近于某种掩体。
其四,不是没有可能哦,就是自私,
为了把莽汉们推向不宽恕的针尖。
其五,很微妙,宽恕也有机会成为借口、
面具或歇在大象背上的小麻雀。
这篇袖珍论文的结束语,不得不
狠下心来降低俏皮的浓度:如果不是
坚持宽恕,我们早已四面悬崖。

2019年

放　弃

移动公司升级了西山的基站,我仍然拨不通
任何一棵黑松。松针的万千电波
也接不通我的神经的银河系。就这样,
黑松和狐狸精在被辜负的刹那就精通了放弃。

2019年

巧 舌

从绵阳冲来了几条死鱼,干瞪眼,冲来了肉眼
看不见的坏消息。浪花里饱含着化学的巧舌
间谍,将涪江游说成了一个逶迤的未知数。

2019年

悲 欣
致母亲

儿子已然——也突然——长大得像是来自
外星;而妈妈,你的失眠,
你的角膜炎,仍将勒索那过了头的老来瘦:
这样两种瑜伽术令我悲欣交集。而西山,
却不增不减——或许终将要穿过一个
针鼻子——那也只好不问不管。

2019年

味 觉
致敬文东

"要让眼睛长出舌头来",你撂下这句话,
像是喃喃自语,顺便还用鼻子舔了舔
耳朵。你是如此善诱,让那对云中
的哲学器官——耳朵和眼睛——
似乎改了行,舔了舔去年
或异地的红心猕猴桃。此刻,你和我
都急于痛饮,不能再等,
那就直奔西山黑松林。开了一瓶
青花郎,又开了一瓶剑南春。
酒罢,我们居然还记得动用整个儿肉身
舔了舔从枝头簌簌而落的——不是
猕猴桃——而是自绝于味蕾的超验性。

2019年

四月　60cm×60cm　1984年

坐 骑
致黄庭寿

在你的花木山房,老朋友,且让我喝会儿
闲茶。窗外有山,有水,有白额的猛虎惊散了
白鹭。老朋友,白鹭是你的
坐骑,而猛虎是我的坐骑。
那又有什么关系?且让我们继续讨论
草书与新诗的枯涩之道。

2019年

羞 煞

暴雨的针脚,如此细密,几乎达到了即兴民主
的境界,根本分不清金桂和银桂,
——银桂居然又唤作玉桂。
两种桂树呢,也根本分不清金和银。
柔荑无耳,异香无眼,羞煞了我等自幼熟读
矿物学,以及词穷的植物分类学。
寄身于异香、柔荑与暴雨的万马,
我为分别心感到脸红,这张红脸又加入了
仿生学哑剧。也罢,自此后,
且将金桂唤作"木犀",将银桂唤作"白洁"。

2019年

惨 败

是的,夹竹桃!在渠河右岸,我曾经发现过
这种来自波斯的植物。在茎的内壁,
在叶与花的夹层,在菁葵的密室,我发现过
悠然的电流和坦然的生产线,发现过
全部积极性的顶点:五十克乳白色的毒液。
这种毒液可以制成杀虫剂,也可以制成
强心剂(远逊于攻心计)。夹竹桃,
夹竹桃!就让我们联袂惨败给那个蒙面人。

2019年

照 看

我在森林里小住了两日。雨呢,说下就下,
说停就停。我赶走了脑子里的半首诗,
像驱散了乌云。到了深夜,
班头鸺鹠敲响了面山的窗玻璃,提醒我照看好
肺叶内的润楠,照看好黑耳鸢、棘腹蛙
或蹼趾壁虎的分身:我以外的我,诗以外的诗。

2019年

针　眼

你尝试过草药和美式疗法,还尝试过老巫婆
或道士。当然,你一直醉心于持诵
《金刚经》。你的女儿还没有出阁,而情人
却早已离婚。春宵,野心,巨额债务,
……都已搭上一辆过山车,加速
驶向了鼻咽癌的针眼。你从我处借走的三部
宗教史——包括许地山的《道教史》
——也许无法让倒计时拐入一小块深蓝;
而你的噩耗,却给时间带来了五秒钟
的痉挛。那时候正当我的山居,正当
我的夜饮,户外水雾弥漫,
似乎到处都密布着进入树林的小捷径。

2019年

三本书

我要谈到三本书：一本书，像番茄那样轻轻
呻吟，像少妇那样多汁。一本书，
像老和尚积攒着必将降临的凤尾蕉，像铁树
闭了关。一本书（已经买了很多年），
像锦囊密封了原浆，像橡木桶私吞了决定性
的字条。我要谈到三本书，
就像谈到交欢、爽约，或彼此小觑的闭门羹。

2019年

宿 醉
致冷冰川

你许可向日葵或蒹葭的相互交错,许可鸟卵安睡
于鸟巢,许可小孔雀与猫相狎,
也许可月琴、屏风或水车暗通了任何植物
的肺腑。所有许可,都是为了许可美人儿把赤身
留在刻墨画的中央。你许可欧洲或美洲式
的赤身,也许可仕女的心,你许可欲望
的彻底,也许可美的正义性。你不许可男性,
却许可骷髅或小怪物的偷窥。这小怪物
有多么次要,就有多么重要。这骷髅
像灯笼柿挂满了枯枝,又像虚位布满了大地。
那就让我们用正眼——也用火眼——去看:
乳房有多么浑圆,就有多么偶然;
屁股有多么饱满,就有多么徒然;美人儿啊,
白骨啊,无非隔着一次两次的宿醉。

2019年

仙　境

这片指甲大的仙境还没有被密探撞破:红尾
水鸦越来越多,斑鸠和黑尾
蜡嘴雀也越来越多,它们从玛瑙堆里选走了
黄色、黑色或灰褐色的草籽。

2019年

顾不得

蝉子倾泻下粗麻布也似的叫声,俄顷,又倾泻下
细麻布也似的叫声。两种麻布又突变
或渐变出无数种叫声。任何叫声
都顾不得醉醺醺的卡车碾碎了玉石,任何玉石
都顾不得麻布上的线头或小疙瘩,任何卡车
都顾不得叫声里的退堂鼓⋯⋯

2019年

火 舌

火舌舔到了我的肺,惊吓了丛林里的哪怕
最顶端的阶级。水豚追不上红眼树蛙,
红眼树蛙追不上红鹿。棕榈和巴西果,
慢于水豚。浓烟呢,却快于四条腿的红鹿
或美洲虎。火舌舔到了我的肺,
眼看着最后两只青绿顶鹦鹉飞离了亚马孙。

2019年

四季系列　40cm×28cm　1987年

修　改

你有几个小孩呢,蒙面人?是男孩还是
女孩?如果女孩没有小蛮腰,
而男孩长了枝指,你将怎么修改?
你将怎么修改女孩或
曼陀罗的微毒,怎么修改男孩或河豚的剧毒?

2019年

星　星

墨蚊儿是这样的极品微雕：体长仅为两毫米，
却分为十个腹节，还安装了精密
的长脚、触角、口器和小翅膀。
雌性有一对尾须，而雄性的最后两个腹节
可以随时转换为阳具。夏天来了，
它们经常凿通我的毛细血管，给养着
体内的飞瀑。它们有单眼，
也有复眼，也许能比我们看到更多更大的星星。

2019年

放 慢

又在加速！又在超车！前面就是弯道，
就是地狱……这么快，干什么？
要让写作放慢，让春风一毫米一毫米地吹过
驴耳朵，让地狱一匹瓦一匹瓦地显露出
灰黑色的屋顶。

2019年

清　凉
致蔡天新

这九棵老樟树见过晚明戏曲家汤显祖，还见过
南宋诗人范成大。它们的枝叶织成了
翠绿的低空，又与小河中的倒影
构成了精密的对仗。这九棵老樟树都是青少年
神仙，以翠绿的闭合环拒绝了
我的任何一根白发探针。这九棵老樟树讥笑了
我从网上购来的旅游鞋，又讥笑了
我从虎口得来的闲暇。这九棵老樟树，
把讥笑与慈航，都化成了枝叶间的一首首清凉。

2019年

疼 爱
致傅雷和朱梅馥

她是多么疼爱这床单!多么疼爱这土布!
多么疼爱这音乐般的蓝色褶皱!
而他,是多么疼爱她!她把床单撕成了
一根根长条,编成了并蒂绞索;
而他,把绞索挂上了钢架,搬来了凳子,
又在凳子下垫上了一层棉被。
这是一九六六年九月三日,这是上海市
江苏路二百八十四弄五号——
这个日子,这个地儿,都近得似乎伸手
就可以碰到最绝望的褶皱。
我们都是他们的邻居;他们选定了子夜,
断然不会惊动隔壁,却惊飞了所有白鹇。

2019年

送 还
致母亲

四十年前,妈妈,你当上了生产队的女队长。
你不晓得有个诗人叫杜甫。
那是在冷得发抖的腊月,你衣衫单薄,
去公社开了三天会,领回来半斤猪肉。
"除了水分,只有四两。"
多年以后,食材充足,你才精通了肥肠与
红萝卜的绝配,精通了排骨与干豇豆
的混搭,烹饪出有点偏咸的小公社。
而你不晓得,恰是五味杜甫,恰是若干个
这样的杜甫,把我带离了你的身旁。
你并不懂得杜甫的倒装句,也不懂得鲁迅
的死火。我和你,还能聊些什么呢?
可是,他们把我带离了——
也将把我送还到——你的身旁,他们的有力
定然诚服于你的无力:妈妈,让我们再次
聊到那半斤猪肉,聊到当晚,你看着我和
姐姐,两只幼年饿虎,瓜分了四两乌托邦。

2019年

云 泥

西山的森林放映着启示录：浅绿向深绿，深绿
向墨绿，黄叶入云，枯叶入泥。
浅绿、深绿和墨绿，是青凤蝶或黑凤蝶的翅膀，
黄叶和枯叶是虎斑蝶或枯叶蝶的翅膀，
云和泥是所有蝴蝶的翅膀。
看看吧，云和泥才完成了一次
扇动，组织部就任命了一批年轻的县长和局长。

2019年

浮 云

记得是在小学四年级,或五年级,我抄录了
《心经》,贴上床头的石灰墙。
几年后,又提前接受槐树和桉树的鼓励,
连续数日持诵了《陶渊明集》。
承恩了这样几次清氛与光明,我已渐渐
分不清卡车和浮云。在西山路,
在嘉禾路,每当看到卡车追尾了皮卡车,
我都会说漏了嘴:看吧,浮云追尾了浮云!

2019年

霜花　30cm×22cm　1987年

新　颖

暴风雨驱赶着万马——扰乱了街边那排青橘
单车，扰乱了晾满衣服的小阳台，
扰乱了手稿和文件的顺序，
也扰乱了我的眼睛。
西山却轻松地固守了无上的懵懂，
万马过尽——
给每棵树每棵草都留赠了无穷的新颖。

2019年

低 估

我低估了一丛蒹葭;过了几分钟,
又低估了一块黑黢黢的鹅卵石。
我目送一线流水,旖旎,收笔于有和无之间。
流水,鹅卵石,蒹葭——
我趺坐于一只瓢虫的甲壳,低估了万物相忘。

2019年

懵 懂
致张杰

你的满头青丝让我怀旧,而青丝间的两茎
白发又让我落魄。
两茎白发来得太早——
一茎是遗传
所致,一茎是才情所致。妹妹啊,
心开七窍,终不如花开懵懂。

2019年

无效票
致杨碧薇

机关选举会的流程如发条；我的内疚，肇成了
自个儿的几次趔趄。"脏辫小伙子"，
你可能仍然游仙于第二届回笼觉；而我的
无效票，已经默认你为首届花臂委员会主任。

2019年

干 脆

快要轮到她！心和脑之间的密集光纤都在传递
这个佳期。桃源般的兴奋感，
却被三个会议打断，像幼年气球被针佯吻。
这些会议不断分蘖，
围剿了词的想象力。
快要轮到她！也就不断轮到英俊的插队者：
文件，报告，表格，尿意，重感冒……
快要轮到她！也就轮到她的反复延期。
天啦，一首小诗，已经伟大到如此惊惶：
她干脆自动排到队尾，当暮色
四合，才从下水道的井孔中伸出青葱般的手指。

2019年

不　敌

这座市立图书馆有着看不见的嶒崚，而西山
往往曲折藏幽。即便是冬天有太阳，
读者也少于麒麟。风雨无阻的老先生啊，
当你收起老花眼镜，系好绛色围巾，
就再次错过了某部巨著。
无数巨著，早已错过了西山，错过了
不识字的小妖精，——她们在晨芬
或夜气中潜泳，偶尔还跳上了落叶冲浪板。
这位老先生，从来没有喝过鹿乳。
这座图书馆，终于不敌半页西山。

2019年

徒　劳

眼看快满四十五岁了。这个生日比上个生日
来得更是紧迫。
我决心学会散步，送给自己作礼物。
这门功课太难太难——
当草鱼跃出渠河，我并没有等到圆形波纹
恢复成条形波纹。当麻雀从这边枝头
跳上那边枝头，从叽叽喳喳的抑扬，
我并没有认清豌豆般的兴奋感，如何渐变为
胡豆般的惊恐感。
渠河，小树林，童年的豆荚……
这是多么大的恩赐，
就是多么大的徒劳。

2019年

藏 身

我可以藏身于一株野生枇杷树,果实酸涩,
不可食用。这样就比较难找。
也可以藏身于一丛野葛,长藤缠绵,
蔓延数丈,每片叶子都是我的头巾
或肩帔。这样就更加难找。但是,
不,你看看:一个电话,不过
十几秒,就把我连人带屦拎了出来。

2019年

然 而

我试着说了小半句谀词,就得到了更多的葱
和烧饼。然而,爬不上树的鲫鱼
并无艳羡,不能到白云里
去兜风的锯蚁并无艳羡,胁下没有
生出双翼的矮种马
和吞不下鸽子蛋的瓢虫并无艳羡。

2019年

不客气

是在下午,在贺兰山,我看见一只热情的岩羊
遇到了另一只:在岩画中半躺。
前者咀嚼着枯草,后者嘴角残留着
积雪和史前史。
积雪,枯草,身体:两只岩羊
什么也不能交换。
"学会了客气,就不会伤心。"
这话不能安慰岩画外的岩羊,也不能
安慰我。我是一个反对派,你看我
多么不客气:我已经把贺兰山
装进了黑色拉杆箱。

2019年

依秋千　38cm×26cm　1987年

蜉 蝣

我要为一只蜉蝣写首诗:刚写出一行,
就写到它的青春痘。
又写出一行,就定然写到它的老年斑。
在两行闪电的中间,
我省略了无数的草稿、疗程和安全套。

2019年

清洌

我再次只身登上了动车,就像被一只白银
蜈蚣吞吃。山水青绿,跑步而来,像蜂群
敲响了灰色窗玻璃。铁轨凌波,
又凌空,刚穿出了雾锁,
就伸进了未知。就在这个点儿,
想来老妈已经系好围裙,
某位女士已经订好机票。
白银蜈蚣向北,白银老鹰向南。
我拧开瓶盖,
饮下孤独:
像蚕食又像鲸吞,像桑叶又像大海。

2019年

落　叶

从西山路二百一十八号,到西山北路
六百〇三号,要走七分钟。
而我,只走五分钟。
也就没有余暇领取任何一片银杏叶的无智。

2019年

苦肉计

我最近迷恋上了任何一片小树林,各种
植物日益亲切。藤,刺,锯齿叶,
都用清气取代了杀气。今天下午,
在一片小树林里,我发现了
一架被扔下的破沙发,在自己的胃里,
又发现了一颗生锈的钉子。
——必须消化掉这颗钉子!这是
一个沙发使用者的苦肉计,
这是所有小树林的静悄悄的决心。

2019年

次 第

青石台阶蛇行向上,被满地竹叶反复
剪裁,又被旁逸的柏树和青冈树
多次打断。竹叶试图将我拽回到夏天
或云端,而青石台阶却将我
推向了西山顶。
数不清的枯枝交错,眼底的灯火
像是在一张巨网上次第爬格。
我看见:在山麓,
在文旅局的办公楼,文件徒然堆积;
在政协的宿舍楼,书籍加快泛黄;
我看见:在涪江东岸,卷发
次第变白,我叹着气,
终于写完了《新诗谱》和《色情考》。

2019年

道歉信

飞机穿过了雁阵,
穿过了蜂群,
穿过了无数不设防的翅膀。
飞机没有羽毛,也没有向造物主发去道歉信。

2019年

没开窍

布谷鸟会停上我的左肩,
翠鸟会停上我的右肩。
——如果我仍是一个没开窍的少年郎。

2019年

芳　邻

这株植物几乎每天都会获得我的忽视。
它寄居于这个小阳台,
已有十六年。一直到这个秋天,
我才有了一点儿看看它的余暇。
——它居然结满了小红果!
——就像首次结满了小红果!
我想象中的女贞比它更俊俏,然而
它就是女贞!此前十五年,
这株女贞对我隐瞒了珍珠。此后
若干年,它还将隐瞒什么?
一串串的星球?每粒小红果都沿着
自己的轨道,那么谦逊,而又不屑于
逼视我的近视眼,哦,不,我的铁石心肠!

2019年

闲花　33cm×33cm　1988年

坦 然
致阿野

我要绕道造访明月村,那里也许住着
一位故人。他有时候割韭菜,
有时候挖竹笋,写出佳句,交付流水。
天气越来越冷,他带我结识了
三棵幸存的马尾松。
——这已经足够!
我留下饮酒,或继续赶路,都是一份坦然。

2019年

青 春

那是在县立师范学校,在男生宿舍二楼
卫生间,我正在洗冷水澡,
忽然下起了大雪。我要
赶快收拾好,一放晴,就出门迎接青春。
窗外有几排法国梧桐,像讲师一般
萧瑟。他们反复提醒的一句话,
被谁磨成了一根针,直到今天,
才敲响了我的铁耳朵:
"你的青春已经挑衅了一场鹅毛大雪!"

2019年

烹 饪

诗被卡住了！像一尾幼年的鲫鱼
卡在一张大网里面。
诗被爱抢了先！我愿意精心烹饪
这张大网；而诗，太小，
太瘦，既回不到小河，
又上不了餐桌。

2019年

群 贤

我再次步行上山。逐字逐句读到了结满果子
的银杏树,多刺的槐树,
绿得发黑的松柏,像是落满了枯叶蝶
的青冈树。还有渊博的斑鸠
和白鹤。从较高的虬枝,
到较低的虬枝,松鼠滑翔,抱着松果,
——这是多么英俊的惊叹号!
就这样,当我登上了不算
太陡峭的虚静,
已经拜谒了所有大师。

2019年

闪　电

明镜所照，皆是虚妄。而闪电，
让我看得更加清楚：
多少热泪，多少巨著，都已经化成了齑粉。

2019年

龙 吟

老住持召开僧团会议,若干清净比丘
列席。要传衣钵,须选高僧。
室内顿时纷然。当其时,
在青菜地里,那个挑粪的哑巴和尚
忽然发出了
几乎无人得听的龙吟。

2019年

镜　花

你在镜子里举办了一个特藏展,你只
派送了一张参观券。香味和口感
都给了眼睛。我的耳朵拉长了
两三倍。我的鼻子和嘴巴都派不上
用场。颤抖!
每秒万次!唉,你能不能从镜子里
向外跳伞?飞机突然加速,
在峨眉山
和贺兰山之间完成了无数次往返……

2019年

水 仙
致吴常青

每到冬天最冷的时候,你就会快递来若干个
水仙球。只需要几个小道具,
比如说一点脏水,它就会从虚空摄来
茎叶。这茎叶由谁设计?嫩得让人
害怕,又绿得让人吃惊,
——仿佛只是为了折断,不,只是为了
把全部力量推向玛瑙的极地:
水仙开花了!
它不是我的倒影,也不是我的对象,
甚至还来不及生一场
冠心病,就遣散了最后一克拉异香。
我渴欲与它交尾。这是个坏主意,
也是个好兆头。——唯有水仙花,
还能够让我技痒,唯有水仙花,
还能够让我用孤掌抚摸这个娑婆世界。

2020年

住院部

八十四岁老父支起竹笛般的瘦骨,吃了一个
菜包子,又喝了一杯热豆浆。
待这两项工程告竣,我就踱进了消化科
的走廊。每间病房都开着电视,
都在猜度炎症或癌细胞。谁也没有余暇
正视国际新闻热点:美军对卡桑-苏莱曼尼
实施了斩首行动。谁也没有余暇洞悉
我的腹笥,洞悉就要破壳的半首
小诗:它像小鸡那样忽然睁开了眼睛。

2020年

寄　北

总有一样绝不会服软：要么是红叶小檗，
要么是积雪。当两者同时出现在北方，
似乎造就了小寒
与小暑的短兵相接。红叶小檗的椭圆形
浆果如同绛色繁星指点了积雪——
素颜的诗人啊，
让我们精通平静而不是哀愁。

2020年

江东系列　45cm×30cm　1991年

忸 怩
致黄小初，兼致于奎潮

你刚发表了一部中篇小说。当我们聊到
这件喜事，你的双颊飘过了
忸怩的云朵，忽然说：
"还是来赞美杭州吧……"
我骑着瓦蓝色的自行车，从心头杭州，
到眼前南京，游看了好几座民国
老建筑。——东风已断，西风不振，
多少仪表都已经失传。
透过忸怩的云朵，如同透过素锦，
我何幸重睹了士之美景——
不是个人创造力，就是自我鉴别力。

2020年

蓝花楹

如果从每棵蓝花楹都看不到我的面孔,
如果从我看不到任何一棵蓝花楹,
我就已经与某个半神办理了
离婚手续,我就已经加入了索居的厄运。

2020年

杯中物

大地无尽藏，高山无尽藏，桉树、女人、喜鹊
和江河无尽藏。都是巨大的玻璃杯——
盛满了我。我也是巨大的
玻璃杯——
盛满了江河、喜鹊、女人、桉树、高山
和大地。万物俯饮，
并被俯饮……

2020年

万神殿

铁角蕨又多又密,好像是湿地的汗毛。
八角金盘略高于铁角蕨,风车草
略高于八角金盘。锈毛苏铁,
海桐,龙爪柳,芭蕉,槐树,还有
金叶水杉,搭建着青黄相接的天梯。
我的惊愕步步高,
翻越金叶水杉,仍未企及那最高的真实。

2020年

迁 徙
致儿子

当你说完这句话,"对于人来说,死亡还是
太深奥了",儿子,我扭头望见了
西山路新栽的一排小松树,梢头的松针
又细又黄又嫩。深奥从来就不排除
恐惧,也不排除甜蜜。
这排小松树早就平静到不排除任何迁徙。

2020年

火 棘

枯草如蓑,黄叶成泥。且容我们徒步上山,
去发现深冬的酡颜:是的,
正是火棘!
它挂满了果实,又长满了尖刺,
好比左支右绌的真理:诱惑我们
采下几根枝条,又提醒我们留下更多枝条。

2020年

巨人传

如果麻雀的羽毛有点丑,如何才能获得
锦鸡的羽毛?……聆听!
如何才能获得鹰眼或马蹄,
还有翠鸟、野花或青藏高原的肺腑?
……聆听!
我像蕨类植物那样聆听着大地,
又像大地那样聆听着掉落的绣花针!

2020年

凭 窗

我的近视眼再次受教于落日。一列火车逆行,
驶离了暮年,停靠在中年。
这是中年新家:所有窗户都朝西。
这是中年涪江:在铝合金的方格里豁然开朗。

2020年

残夜　尺寸不详　1996年

孤儿院

我终于有了一间书房,就像领导了一座
孤儿院。爬上那深棕色的木梯,搁书,
取书,有时候就会目睹某位大师
的鱼跃。水波不断扩散,
相激于其他方向的若干水波。此刻,
这座孤儿院有多么欢腾,
这间书房就有多么寂静……

2020年

待　旦

鸟儿不甘心夕阳被悍妇揪了耳朵，叽叽喳喳，
如同一打弧形木梭，被谁抛向
一片针叶林，为暮色织入了最后一克光线。
此刻，西山就像倒悬的笔挂，
黑松反方向地滴落着水墨。我们听得到
鸟儿敛翼，却看不到黑松藏锋。
手边还有一大把新制成的狼毫呢，
恰中年，更是要来研磨一方名砚。

2020年

野　马

我看见一辆彩色的手推车，看见在小被褥
里面酣睡的女婴。就那么几秒钟，
我想象了她的一生——樱桃，团徽，
毕业论文，假牙和银戒指……
这辆彩色的手推车，难免就是一匹野马。

2020年

无 尽

解开一丛丛巴茅的发辫,从这个野湖的耳垂
走到额头。我们环行小半圈,
止步于前戏。湖变得越来越大,
剩下了越来越多的发辫和幸福。

2020年

私有制

树林深处的公共的静谧,因两滴鸟鸣而
加深,因一对仙侣而试用了私有制。

2020年

唯 物

公路扭着屁股上山,右侧长满了银合欢,
那些修长的荚果不悲不喜。徒步者
和偷情者各得其所,
那些荚果不出汗,也没有紧紧捂住嘴巴。

2020年

诗　教
致柏桦

一回，你说：小诗人偷，大诗人抢。
——这句话就抢自艾略特。吴文英，
艾略特，纳博科夫，你视之如义肢。
一回，你说：要大胆。这不是提倡
平原上绣花，而是练习针尖上走马。
大胆，不是阔步，是跬步中的阔步。
一回，你说：文体啊，文体，文体！
你已经喝醉了，双颊起潮，不小心
泄露了天机。知音少，不会折你寿。
一回，你说：有时候，要抓住读者，
有时候，要躲开读者。新诗即山洞，
可坐禅，可做爱，哪里还需要旁观？
听者合掌恭敬，
身轻如燕，
仅仅用眼神就撬开了一罐青岛啤酒。

2020年

凶　手

时在二〇二〇年五月二十三日，一头野生
母象得到了人类的一个菠萝。
是月二十七日，这头母象伤重而死。
在她的子宫里，一头小象，
尚不知饥饿和波罗蜜为何物。
在大自然的子宫里，正是印度国
喀拉拉邦的一位村民，还有你我，
联手将一颗炸弹藏进了那个菠萝。

2020年

照妖镜

烟从香炉里面飞散,我就毕露了原形:
先是一尾古琴,再是一柄古剑,
——后来,
仍然,不免于,毁成此刻肉身。

2020年

明 灭

渠河像寂寞那样扭动着水蛇腰,两岸花树
没有一株马屁精。
只要被我叫出了芳名,花也罢,
树也罢,立刻就会受到锯齿般的惊扰。
两岸即长征,我要穿过一部陡峭
而傲慢的文明史,才有机会
偷看到一盏恍如风中灯笼的天地之始。

2020年

歌谣 48cm×35cm 1996年

听 者

蝉叫像一张抛散开来的菱形渔网,网眼
很粗;鸟叫则像几条
漏出去的鳗鱼,被环状山谷拉长了尾巴。
我们坐在小树林的脚踝边,伸手就
可以摸到青草和一万匹波浪。
如果蝉叫和鸟叫忽然打住,就像大海
忽然被谁私吞,我们便只好
与耳朵里的鳗鱼一起诱捕暮色中的鲸群。

2020年

两河口

那棵无言的枫树正是我,长出了双脚,
沿着焦家河不断间植。林雾浓得
就像夜色的手掌,提携了我的青枝。
而水声的低声,安抚了我的乱石。
某人曾在此地丢过一条手链……这是
我的一念。一念,又何尝不是万缘?
比如焦家河,看似偶然,汇入了韩溪。

2020年

歧　义

是什么把西山连成了一脉？不是柏树，
而是蝉鸣。西山入定，
柏树半入定，蝉鸣却钻过纱窗的细格，
顺便欺负了两个黑色音箱。在会议室
里，局长正在讲话，吐词如吐莲花。
蝉鸣填充了词与词之间的任何
一条细缝，让莲花结出了无数颗歧义。

2020年

鹭栖湖

这里有白鹭,也有苍鹭。两只白鹭掠过水面,
敛翅于山林,就像一对巨星。两只苍鹭
同样无视观众席。
它们不要赞美诗,只要两尾
小虾或一尾小鲫鱼。是的,
它们不会把一次吃不了的小鲫鱼存进银行。

2020年

得 闲

我已经找了一个多小时,额头冒出了
一层细汗。楠竹做的笔筒,
柏木做的抽屉,橡胶木做的书架,
复仇般地消化了房间里的一切
铁器。一盆绿萝从书架的第五层
垂落到木地板,
就像司空图的二十四个妙谛
或飞瀑。是的,我要找到那把小剪刀,
我要剪掉从绿萝上溅出来的一片黄叶。

2020年

小树林

"植物才是遗物!"——很少有人能领会
这句话的绿意。两棵蓝花楹,
一棵黄葛兰,几棵香樟,
以及若干丛斑竹,哪里还具有什么
"当代性"?绿意勾兑了秋意,
秋意勾兑了古意。就在这条葱茏之路,
我们会碰上张船山,过一会儿,
还会碰上苏子瞻。小树林圈住了小茶亭,
小茶亭圈住了十二平方米的南宋,或
三个小时的东晋。诗人们,
青年们,明天就是白露,
快让我们临摹每棵树,临摹它们的绿意
和民主!不要羞愧于笨手笨脚,
而要羞愧于"当代性"结出的老茧……

2020年

分 寸

我抓住一只花脚蚊,它又从指间飞走了。
可见——
它的前生:一条赤练蛇,一只短尾鳄,
或一只黑盾胡蜂,当初对我绝无恶意。

2020年

痕迹学

一只瓢虫是一座带穹顶的神殿,一株槐树
是一座带托叶刺的神殿,一只灰喜鹊
是一座带尾翎的神殿。那山巅
无人登临,
反而密布着落叶、草籽和神殿。

2020年

魔术师

我要把刚摘下来的一颗葡萄，拆分成
一百颗。要把葡萄上的一克新雨，
拆分成一千毫克。我要在更慢里求得
最慢，要在两匹砖的细缝里发掘出
一吨享乐主义。我要把五亩葡萄园
拆分成无边无际，要把
尝到甜头的一个下午拆分成今生今世。

2020年

花开花落　50cm×44cm　1996年

夜难寐

致陈子昂

我们当然还失败得不够,还颓废得不够。
这失败快要成为一卷经文,而颓废
快要成为一层甲胄。当我们选择覆巢,
恰是为了选择完卵。我们都特别擅长于
与兰草和杜若,与叫作
翡翠的珍禽,一起领取一份共同的无助。

2020年

丰 收

秋天像一个可以伸缩的榫头：对少年来说，
是夏天的长尾巴，对中年来说，
是冬天的短脖子。夏天我没有训练
潜水，冬天也没有计划滑雪。
西风如车，娴熟地搬运着从银杏叶
尖端滴落的一克理想——从这个身轻
如燕的金色密封舱，我该不该尝试
向外跳伞？秋天已经派来一株
双荚决明，在我上班或下班的中途，
一边开花，一边挂果，一边无言
答疑，像一个双手合十的鹅冠花和尚。
无言，就是五千言。再乘上
几次过山车，我或能习得上乘的孤独。

2020年

千岁忧

就像一只巨大的老鼠,钻进了灌木丛,
只露出了一条三公里长的尾巴——
一条水泥路早已报废,仍然吃力地
蠕向山顶。斑茅,牡荆,火棘,
葛藤,狗尾草和狼尾草,合拢成一只
怯生生的绿嘴巴,想要吃掉
这条水泥路。就像一只蝴蝶想要消化
一对烤熟的牛睾丸——
绿嘴巴给绿胃送来了一场场化学危机。

2020年

小团圆

第一轮明月不断撤退,有时撞上了隧道口,
有时游过了桉树林,有时跳上了
兽脊般的小山丘,——被我和一辆绿皮
火车无望追赶。就在这些时候,
第二轮明月高悬于涪江左岸,一动
也不动,——被她无理纠缠。
两处清辉好无赖,拧紧了两个身体的发条。
我的急性子与绿皮火车的慢性子
强行签订了协议:
时速要提高到一百六十公里,
两轮明月要遇合成一轮明月。

2020年

辩 经

我们终于找到了这条小巷,找到了灰瓦
青砖的宁院,就像顺着一条长蔓
摸到一个葫芦。两株芭蕉正在值班,
绿得眼看就要失去耐心。木头窗子
并没有把秋天格式化,我带来的一小盘
什克洛夫斯基也没有把一群青年诗人
格式化。刘氏送来了云南火腿,
田氏送来了天全椒麻鸡。然而写作
怎么能依靠味蕾?只有想象力才不会
全文照引这样的香辣!也许,
这样的诗歌课并不重要,那就举杯——
耳闻那些新任命的局长,刚当选的县长,
已经没有余暇与任何一株芭蕉交换眼神。

2020年

悖　论

在颓废与花拳绣腿之间,有一株铁骨素。
在沉默与谀词之间,有一株铁骨素。
在孤独与儿童合唱团之间,有一株铁骨素。
铁骨素是一种兰花,长得很像
一种新诗。这株铁骨素
靠生闷气而活命。这株铁骨素
已然退入寸土,它希望自己能够尽快
绝种。然而它……越来越葱茏……

2020年

独立日

汉代的无名工匠雕成了一对墓阙,守护着
沈府君。春风吹过渠县,
沈府君早已四散为一片两三亩的野草花。
朱雀已无实用性,白虎亦无
实用性。无名工匠早就以伟大的迟疑
预言了艺术的独立日——
两只石兽把春风送出了沈府君的领地。

2020年

捷 报

我看过高仓健主演的两部电影：今天，
看了《兆治的酒馆》；儿时，
看过《追捕》。高仓健还是那么年轻，
仿佛六年前离世的只是
他的替身。那么，迄今逍遥的反而
是本尊？这样的错觉令人着迷。
诗从来就不会输给电影——
我将比高仓健更老，也将比他更年轻。

2020年

阳台　50cm×38cm　1997年

避　秦

致Nadia Comaneci

科马内奇！你是蒙特利尔的公主，
却是罗马尼亚的女奴！
在平衡木的上空，你是一只飞燕。
而在政治的隔壁，你的身体，
如同一枚青杏，被切割成
几个直辖市。电视和收音机里
时常跳出"考布上校"，土豆里
也许藏有"月经警察"。
当你徒步逃出恶太子的半径，美，
就兼顾了正义感！不仅是
身体的仙境，更有内心的剪刀，
让你成为一个中国少年的武陵源。
当他解开了缆绳，
建议你，让渔舟错过入口。

2020年

非 李
致母亲

妈妈,你的老年手机只存有四个电话号码,
而我的智能手机却存有一千四百八十三个
电话号码。我将得到什么?
星星,橘子,橘子里面甜得过分
的一瓣雷管,还是涪江的一网细浪?
我已经缚住了内心的猛虎。妈妈,
多么好,我也不是李长吉。
还能有什么大事?妈妈,
除了今天早点儿回家,
除了陪你打一场笨拙的扑克牌?

2020年

无 休

四天算不算是阔别呢?今天我徒步上班,
发现银杏加速变黄,而水杉
开始变红。是谁调配着红黄两种颜料,
就是谁让小诗冒出了白发。
我驻足于涪江之畔,在永恒中小憩了
两分钟,然后就匆匆赶赴一个会议室。

2020年

荒诞派

我有一颗桉树的心,却有半个表演系的身体。
你给我讲了剧情——
要用牙齿咬住两只耳朵,要用耳朵蒙住
两只眼睛,要用眼睛看到后脑勺,
要用长在后脑勺的短发捆住
舌头,要在说话以前缝上自己的大嘴巴。
尤奈斯库独爱木偶戏,却也从未
设计出这样的高潮——你的小嘴巴,
啊,你的小嘴巴,
三分之一属于隐身人!
三分之一属于你!
这怎么可能?还有三分之一属于我?

2020年

托 孤
挽陶春

二〇二〇年十一月十六日上午十一时
三十一分,这次,你躲进了
一个更大的花园。是的,
再也不会腹背受敌——当诗像木芙蓉
那样开放,直肠癌和心脏病
已化成了一堆灰泥。我不能用一块
小瓦片来测量你的深意,只能在井口
写一首多余的挽歌。提笔,
罢笔,
多少次,我的倒带技术如此笨拙——
你再次被推进急救室,再次从衣兜里
滑落出小半瓶速效救心丸。
这是提前了的冰雹,
敲击着内江的耳鼓,把诗托孤给天地。

2020年

盲 鱼

琵琶响了……
你的双手突变为千手,而我的双耳渐变为
千耳:你有多么快,我就有多么慢!
一会儿听到万马,一会儿听到独唱,
一会儿听到末路的热泪
或流水的决心。我掉入了音乐的洞穴,
只用了几秒钟,就退化——或进化
——成一条四五厘米的盲鱼。
当音乐与琵琶一分为二,琵琶才与你
一分为二。当你开始整理米色长袖,
我才察觉到自己有眼睛,察觉到
月亮之猫跨过了
似乎刚开放的那一墙酱紫色的灯笼花。

2020年

天欲雪
致王家新

在前往独坐山的中途,你忽然叫停了
汽车。河滩上堆满了石头,
像是千万座幽州台。它们不是在等待
捡拾,而是在等待登临!
你驻足于每块石头,与它们交换沧桑;
又注目于不远处的瓦房和柚子树,
与它们交换肺腑。"如果我们还有
眼泪……"当你发出这样的长叹,
双眼就成为涪江的支流。
而涪江的上游,定然就是陈子昂,
或许还有阮籍还有屈原。你走后不过
数日,涪江就进入了枯水期。
那冻僵了的河床,那无处可藏的鱼腥味,
都没有下沉,
而像是被一群悲剧英雄抬升到我的鼻尖。

2020年

枯 叶
致灰娃

你邮来了一册诗集,里面夹了一片枯叶。
这片枯叶如同卡车,
领着一棵树,一座山,
一种延安式的清白,一种北欧
乡村式的质朴,前来参与了对我的拥抱。
这片枯叶的网状脉已经清晰得
比任何蝴蝶都更加接近真理,比任何
真理都更加接近美。
亲爱的奶奶,在这个快要下雪的冬天,
我是多么平静地接受了你
对这册诗集的命名:"不要玫瑰"……

2020年

否　定

小叶桉并非榆树的上级。两棵槐树从来
不分主宾。所有蓝花楹都无须参加
拟任县处级干部
资格考试。我居然考了五十九分，
——好险！一阵江风把我吹得更傻；
可是，仍然没有任何一片树叶
把我的身体，拔擢为它的边界。

2020年

围　城

两只刺猬，从一开始就没有吮到棒棒糖，
而试图用舌头，
怀柔那遍体竹签。
而在郊外古战场，无数刺猬备好了云梯。

2020年

夜巡　45cm×38cm　1997年

半 枯

秋风吹落了我的心脏,我却在小叶桉、刺槐
和香椿之中找到了无穷的替换物。
园林工人穿着蓝色劳动服,
拿着电锯,
拎着石灰桶。
在一棵被锯去了树冠的白杨的根部,
我发现了我一直羞于认领的半枯的
正义感。认领得还不够,
放弃得也不够!我将与群树
一起进入这个节约用水的冬天。

2020年

无 论

推土机磕到花岗石的牙齿,顿时停了
下来,如同我们终于谈到痛苦。
那就扭过头去看看吧——
涪江一头撞上猫儿洲,就像燕子尾部
那样轻易地分成了两爿。
一爿无悲,
一爿无喜。
而在猫儿洲尾部,我们很快就会听到
两爿柔性剪刀的抵掌谈。野鸭子
随波上下,就像"有"和"无"之间的逗号。

2020年

忘　机

秋来尚有何事未了？一颗妄念不是鹅卵，
而是带锯齿的小瓦片。那就去
涪江东岸，打一个高分值的水漂——
细浪如柳叶，
细腿如竹枝——这颗妄念靠近了
一只白鹭！所有白鹭突然脱下水波，
将竹枝种上了猫儿洲。
它们不会保留一小块关于我的记忆，
哪怕一毫米乘以一毫米。
恰在此时，
斑头雁心中无贼，飞越了喜马拉雅。

2021年

化　身

我娶了坐过火车的芒果，初中的黄金的芒果，
多汁而快活呻吟的芒果，
有雀斑的卷发的芒果，更多汁的菠萝，
戴银手镯的猕猴桃，娶了满挂着
水果的热带，丢了发卡的热带。
这么多种水果，其实呢，
只是一个芒果。这个芒果带给我万千
口感。必须封锁最新的消息，嘘——
从这个芒果里面又长出了一株灯笼柿！

2021年

错金银

那个美人儿找到了好针线，缝出了百褶裙。
我也找到了好针线，缝出了万古愁。
我苦练过很多年的秘笈，不会把我放过。
而她不断加速的肉体，不会把她放过。
有时候，我们会交换供电站——
她有一瓣骄傲如砚又如墨，
我有一根血管供她自驾游。

2021年

考古学
致王唯

这是你的凤台村——穿过一块胡豆地,
就会看见一条小河,河东有一座山,
河西有一座庙。庙如童年博物馆,
山如铁伞,小河如青丝夹白发。
你喝了半斤痛快酒,从这块胡豆地
发掘出一块若干年前的甘蔗地,
又发掘出一块若干年前的西瓜地。
从一堆乱石,发掘出一个全能水塘,
从一寸虚空,发掘出一堆被西瓜
和甘蔗灌溉的童年。
你看见——
那个故我用一根又细又长的黄竹
做成了钓鱼竿。然后你看见——
我们每个人都从未来开来了推土机。

2021年

传唱 50cm×38cm 1998年

香　贼

将来我们一定会想起这场毛毛雨,它在
热脸上铃下的湿点,就像异见一般
若有若无。将来我们一定会想起这个
不断后缩的小山村,油菜花呜哇,
鸟叫金黄,"要是
有太阳就好了。"而在无事的小山脚,
一丛<u>荽</u>荽开出了一堆白色繁星,
义务地,把这个下午照耀成初夜。
那还等什么?快去偷芫荽啊
偷芫荽——
芫荽又叫香菜,太阳又叫拥抱。

　　　　　　　　　　　　　　2021年

四 月

苦荬菜开出了黄色花朵,泥胡菜则开出了
紫色花朵。我们漫步于荒郊,
逐渐填平了泥胡菜和苦荬菜之间的深壑。
两具微躯,又有何求?
除了不在心外采撷一束紫色花朵,
也不在心外采撷一束黄色花朵。
而在这个小村庄的低空——
一条高速公路,百折不挠,伸入了未知。

2021年

五里溪
致吕德安

麂子再也不来这里饮水,小溪里的鱼儿
也快要绝迹。自你建成这座山中别墅,
北峰就向福州缓慢移动。
你捡起了锯子,或柴刀,退入林间。
肉桂,紫薇,腊梅,黄杨木,银杏,
罗汉松……每棵树都乐于为你修枝,
为我修枝。你引我坐上一块巨石,
"正好忘了写诗。"
不过半个下午,青苔爬上了我的双臂。

2021年

恍 惚

十六头亚洲象离开了西双版纳,向正北,
走过了普洱,
折而向东北,走过了墨江、元江和石屏,
继而向正北,走过了峨山、玉溪
和晋宁。巨腿移动,
玉米倒伏。如果它们继续向前,
就将横穿昆明靠近成都,折而向正东,
就将途经我的五亩孤独,
还将用鼻子大大咧咧地碰碰重庆。

2021年

杜 甫

收网了。几十尾鲂鱼误闯了绵州刺史
杜济的餐桌。杜甫当场脱尽银鳞,
永失波涛。
时在公元七百六十二年八月。
有多少鲂鱼就有多少
途穷的汉语,有多少诗人就有多少
怒放出血丝的鲙片。
只有身外涪江不舍昼夜——
绵州的下游就是梓州,
梓州的下游就是遂州和合州。

2021年

六 月

苜蓿花特别擅长紫色,而微型蓝蜻蜓
则精通短暂。几米外的小河
反复练习着清澈,以便娴熟地
洗去我双颊的土尘。
紫色像微澜那样悦耳,而短暂像锦鸡
那样将最长的尾翎也缩回了灌木丛。
我特别擅长转动群山,而你则精通蔚蓝。

2021年

求诸野

鹧鸪的叫声被一个山头分了岔,就像被甩到
山腰的鱼尾巴。麻雀的叫声很圆,
似乎要用滑轮放下一座天堂来。
看看吧,这座天堂的建材如此普通——
一条小河正在转弯,一片草地齐茬茬,
一块地毯小得刚好够宽,
几杯红茶,几个皮蛋,一碟葵花籽,
几句真心话,
一个随地小便的下午。蝉的叫声织补了
构树与枫树因交叉而形成的各种
不规则夹缝。哪里有什么亏本生意?
我赚到的嫩黄和新绿
足以把天堂铆接于任何一片水波。

2021年

老校区

手电筒揿开了——
一株珍珠梅鱼跃而出,就像一个珍珠博览会
突然开幕。
若干松树环列四周,它们脱胎于
那些空手而归的采购商。老教授已经熄灯,
美女副教授则趁黑揿开了一身繁花。
走私?我却只能捡走一颗松果——
它悄悄地变黑,
就像装满了大数据的卫星回收舱。

2021年

梅弄　50cm×35cm　1998年

交 通

接下来,朋友,你开始吹奏印第安木笛。
我很快听到了树状的南美洲和北美洲,
听到了十只奥奈罗鸟,
——它们动身飞越太平洋,其中九只
就要停上你的肩膀。此刻,
灯笼花红得羞涩,斑竹绿得谦逊,
紫葳正在搭建一个音乐的凯旋门。
一只本地画眉鸟作为临时替补,
与木笛互相问答。朋友——
请记得用音孔的专列,运走这紫葳,
这斑竹,这灯笼花和画眉鸟;
请记得用尺八
把它们吹奏给与我暌违的鼓浪屿。

2021年

若尔盖

你弹了几首名曲,半即兴。又弹了一首
心曲,即兴。在半即兴与即兴之间,
隔着一座昨天下午的鹧鸪山,
而在羊角花丛里面,又藏着一条直通
即兴的隧道。当你收起琵琶,
露珠就从皮制琴囊上滑落。露珠,
白河,黑河,收到了同一封密件
——加入黄河的喋喋!这个时候,
所有星星突然低于并略大于
核桃,北斗用银勺子从黄河舀起了
一大把没有听过瘾的耳朵。
最尖的一只耳朵乃是月亮的倒影,
这倒影加盖了波浪的暗花。岸边,
几棵沙棘在与寒气的谈判中
不断收缩,它们羞愧于既不能留下
黄河,又不能割赠草原。
也无妨,我们已经确信——
如果沙棘办不到,就寄望于音乐。

2021年

半山观

半山观四周流涌着好几重竹林,几只麻雀
在尖叶上
下冲浪。野生的黄桷树、桉树
和洗手果树搭建成一座跨海大桥。
那只松鼠借了豹子胆,越跳
越近。
它觑见了五位来客,不再跳出洗手
果树的价值观。主人早已横放了一根
竹竿,让洗手果树的远枝连通了
房顶。可是——
那只松鼠放弃了人类的榛子
和核桃。它不愿成为他们的关系户,
那根竹竿也难以派生出他们
想要的浮槎。在两种价值观之间,
海面变得越来越宽!六只茶盏
还冒着热气,主人早已不见了踪影。

2021年

须弥山

须弥山与佛,或为一物,或为二物。
若为一物,
何需摩崖造像?
若为二物,何需摩崖造像?
如果我能饮下任何一堆赭石,自然
会有人扔过来一麻袋答案。
我忘记了问题……
却说第五窟高近三十米,这让相对论
乘机将四周的松林矮化为灌木丛。
燕子在相对论以外,也在悖论
以外飞翔。它筑巢于哪里,
哪里就是佛的鼻孔。它屙屎于哪里,
哪里就是佛的前胸。何需骑驴
找驴?遍地都是松果,其黑色鳞片
开裂如塔,里面没有一粒松子。
当我捡起一枚,
就从它的"无内"窥见了一万座
须弥山。须弥山,松果,燕子,
都是一物之不同副本。骑的什么驴,
找的什么驴?"长耳朵规律"。
我忘记了忘记……

2021年

杭 州
　　致蔡天新

西湖早已耗尽了汉字的湿润,沿岸的水杉、
垂柳、香樟、桂树和榉树
也已耗尽了汉字的青翠。我的重访发干,
发黄,就像湿润和青翠耗尽了
游人内心里面的惊叹。汉字的半衰期!
杭州的不依不饶!"这个问题
最好交给语言学家。"你的句子
形若松针,给诗人注射了一剂借口。
而我,一个孤儿,
多么庆幸于在简体的中年看清了
自己的命运——
找回更多的汉字,发明更多的鸳鸯。

2021年

阿富汗

为什么我要反复赞美水仙?古拉
长着能让泉水认输的蓝色大眼睛。为什么
我要反复赞美水仙?爱莎
被割掉了耳朵。为什么我要反复赞美
水仙?她又被割掉了鼻子。为什么我要反复
赞美水仙?布尔卡乐队
演唱了一首《禁止布尔卡》。
为什么我要反复赞美
水仙?只有十个人晓得谁是乐队成员,
只有十个人暗地里记住了她们的名姓。

2021年

星月　50cm×35cm　1999年

小语种
挽胡续冬

你驾驶过一辆方言,途经了字正腔圆的地球。
你走私过几吨快乐(镶着
恶作剧的花边),误闯了新诗的海关。
方言勾兑了"小混混美学",两者分泌
出来的可疑,至少塞满了三个卷宗。
你被查扣了几个县,又被放行了更多
州府。你拧松了海关的螺丝帽,
不,拧松了它的抑郁症。你让快乐长出了
小虎牙,不,长出了银样镴枪头。
你总是假装难以写对,这并不乏味,
况且你又兼职了美食家——
你把方言和武藤兰,炒成一盘没有
商标的新诗。热气就如才气,
真是肉眼可见。你的金蝉脱壳,
被地球而非猫星诊断为癫痫。
至于猫星,
必将因你而成形,必将因你而得名。

2021年

即 物

一个小伙子骑着摩托车,带着一个女孩。
她的小腿上文着一个什么图案:动物,
植物,或抽象符号?六七十公里,
恰是夏天的时速。他们驶离了这个
秘密补给站——
小路两旁长满了枇杷,
树下长满了斑茅,
地面长满了鸭跖草;不远处的一小块
废地,长满了黑心金光菊、陈艾
和鬼针草。一对中年散步者交换了
眼神,两只手自然相牵,
就像火棘由青转红。所有葱茏
都见证了他们内心的摩托车,所有
葱茏都把他们的系列眼神译成了
秋天的短序,译成了野蜂蜜的续集。

2021年

悟 空

一匹流水，两匹流水，漫过了剪刀——
那个剪刀手颧骨
高耸，并没有得到一匹丝绸。
流水和剪刀在一棵法国梧桐下举行了
一轮和平谈判——
流水比剪刀更硬，剪刀比流水更软。

2021年

左 岸

我把双眼租给了一只鹭鸶,在十七楼,
可以看得更清楚——涪江向右拐了
一个弯,就像一小截圆周。
如果难眠,我就不能赊来一尺波浪,
就不能把波浪折成一只鹭鸶,
就不能让它飞往右岸,歇在某家
医院窗口,并向某个圆心致以
比护士服更白的表白。如果入眠,
以上种种岂是问题?《瓦尔登湖》
从我的手里滑落,即将胜任
孤枕,"可以测出天性的深浅"。

2021年

九 月

雨丝那么新,那么细,那么尖,身手
那么曼妙,穿过了针鼻子,
拉出了线状的凉意。芭蕉一边
减肥,一边撰写夏天回忆录。
某人一早办结了出院手续,下午
就急着换上了草绿色
长裙。小病的山顶就是哲学,
哲学的山脚就是秋天。当银杏逐渐
变黄,剪指甲就会成为一门艺术。
当涪江逐渐变瘦,水落石出,
我们就会挑出一只很小的勺子
而不是一只巨杯
来品饮身体之间的任何一束静电。

2021年

假 牙
致母亲

母亲斜歪在沙发里睡着了。
光线变暗,
客厅无涯。
一副假牙在右边扶手上滋生了逃意,
就像大海里的一粒白色帆船。

2021年

大无奈

西山没有任何意图。一片刺槐却误入了
人类的意图;钉在地面的灌木丛
亦然;向白云致脱帽礼的几棵
罗汉松亦然;把松果当成乒乓,探头
探脑,突然把球传给草地的红腹
松鼠亦然;不知被什么虫子蛀了,
从伤口沁出了磅礴树液的一棵
油樟,以及谦逊地喝饱了
树液的一只,
两只,
三只,或无数只枯叶蝶亦然。

2021年

思过录

花圃与流浪动物收容站有什么区别呢？
一盆差点叫出声来的绣球，嫁接了
一只全身开满团花的波斯猫的幽幽
蓝眼睛。两种遗孤，
一种忐忑。我不是我的镜子，
总是一口咬定波斯猫和绣球
嗅到的硫磺从未来
散发出来的气浪来自非我。

2021年

春梦　47cm×36cm　1999-2002年

化胡经

大会只安排了十九项议程；
还来不及修改野雉的尾翎，
来不及制定它们的婚姻法。
在此紧要关头，一个穿着天青色长袍的道士
独坐巉岩，用一截树根接好了断腿，
用一只花喜鹊矫正了向右偏移的心脏。

2021年

钻石胃

箭镞的成分检测报告，已经从实验室
送到一张梨木书桌——其含量，
百分之一为稀有元素，或未知元素；
百分之四为小误会；百分之十五
为有眼无珠；百分之二十三为嫉妒，
秒胜了青柠檬对酸的积极性；
百分之五十七为仇恨，硬度和亮度
略低于榄尖钻；其与韭菜的相似性，
为零。我饿了，狼吞十万箭镞
——为了把它们消化成一小堆废铁。

2021年

无 遮

书房外面就是一个狭窄阳台,也是理想
花园的一个次品或残品——
两盆蓝色绣球花,一盆栀子花,
两盆铜钱草,一盆茉莉花,
茉莉花的一根长枝条挑逗着两盆多肉。
都没有开过花。我挨个儿浇水,
摘掉黄叶,剪去枯枝。在平静
与平静之间的一个尖刺状空隙,忽而
念及一个恶人。很快,我生出了
羞愧。而在花园的一个角落,一盆
天竺葵在预期以外,在几棵凤尾蕨
的干扰之下,冒出了羞愧般的红苞。

2021年

惊 艳
致Virginia Woolf

伍尔夫！伍尔夫！你的两只大眼睛组建了
美之标准化管理委员会，你的白银忧郁
接通了良知。不管是用鹅毛笔，
还是用蘸水式钢笔，你定然会写出
这个句子——
在斑斓花朵的中心，总有一只蝎子，
在问：
"为什么要活着？"

2021年

萧　衍

我生于四百六十四年，秣陵县人氏，小名
唤作练儿，被饿死于五百四十九年。
五百零二年，我似乎只想与沈约研究
声律学，无暇接受萧宝融的禅让。来回
几度，始建南梁。我常年穿着几件
旧衣裳，每天只吃一点蔬菜
和粗粮，遇到事情就派人去请教山中
宰相。我轻易地原谅了他们——
我的六弟，我的大女儿，他们的私情与
剧毒。我多次舍身出家，
遁入同泰寺，都被众大臣以重金
赎回。实在记不得了啊，记不得了，
我是否问过菩提达摩："朕即位以来，
造寺，写经，度人，不可胜数，
有何功德？"临终前，我想喝一杯
蜂蜜而未能获允。时当六月，
满目青翠，我忽而听懂了
菩提达摩的悄悄话："并无功德。"

2021年

白骨观

他闭上了双眼……很快,眼皮就盖住了
脚背。他究竟看见了——
左脚的大趾头露出了白骨。
紧接着是二趾头、三趾头、四趾头,
东张西望的小趾头。在左脚踝
和石砌左膝盖之间,天色越来越暗,
白骨被几根血管缠住了四蹄。
下得马来,他究竟看见了——
白骨的倒影——粉红的木芙蓉——

2021年

西班牙山水之二　50cm×38cm　2000年

日 记

某年某月某日,星期天,阴转小晴。
上午九点。参加了一个干部大会。
下午四点。陪同某人去野外
挖了几株凤尾蕨。在一条小溪里,
看到一个石臼——
长出了青苔,接满了雨水。
雨水和青苔之间并没有一个小孔,
塞不进一册页码最少的伦理学。
中午呢……
中午呢……
这两行空白就亟需显影液——
中午一点。我忽而长出两个肉翅,
凭空飞过了一座不为众人
所见的堆满黑曜石和冰雪的高山。

2021年

小混混

索道的语速比盲人更快,还没说完
草甸、冷杉和油松,已然跳到
落叶松。过了三千八百米海拔,
史诗快要进入紧要关头——
寒冷开除了大部分植物,被反复
叙及的唯有黑黢黢的乱石堆,
无序,
而有序,像一群群团坐的怪兽,
就读于一个湖的深蓝。嘘——
索道咬断了舌头——大哥已就绪,
达古冰川进入了变声期。体力
急需想象力来接力,我——我们
——从来没有见过大哥——
我——我们——顿时信服——
必定有一张齐天的大嘴巴,
能一口饮尽群山环抱的鸡尾酒。

2021年

天　涯

他们送来了一袋新米，还有几十个
鸭蛋。天使分类法适用于他们：
一个麻子，一个瘸子，一个驼背。
他们都有很深的皱纹，就像
很偏僻的捷径。从老家，
来到我的新家，他们张贴了什么？
不是暮年的电影海报，而是
童年的小商标。客厅哪里会是
童年的对手？它露出了破绽——
在电视墙和沙发之间，缺少一个
莽原，虚构不出一棵酸枣树；
在沙发后面，缺少一个具有曼妙
弧线的小山丘，虚构不出
青草的一尺鱼腥味；我的两只
耳朵拼成了一朵向日葵，却没有
招来一只野蜂。这样的结果
算不算后果——
天使分类法适用于我的一次走神。

2021年

重 案

必须让所有尖刺倒过来生长,向肉,
向心脏……
也许割开一条大动脉,置入一个
芝麻状的机器人,就有可能查到成了林的茧状荆棘。

2021年

神仙传

有个油画家没有名姓,他有太多的颜料
太少的同情心。猫儿洲给了他
一个环线,他给了荷叶一堆
发凉的箭头。绿色不得不指向绿黄色,
绿黄色不得不指向黄色和黄褐色。
荷叶捐出了所有水分,像捐出了
发苦的贞操,它们一边生锈,
一边收拢成不规则的编钟。雨点比
那个油画家更喜欢这些乐器,
在演奏雪意之前,雨点和铜把夏天
托付给了一对绿色神仙——
他们临湖分吃了三个烧饼,
两个买自藕园巷,一个买自北辰街。

2021年

养　虎

第一片黄叶将率领万树。连我的几根白发，
也是它的内应。而我，
将率领成群结队的老虎和孤独。而我，
将赚到越来越低的支持率。

2021年

席 书

乡贤席书,明人,字文同,号元山,
谥文襄,官至武英殿大学士。
他认为卧龙山有两个圆满——
层峰叠见,山林萧散;又有两个
不圆满——杜甫和苏东坡舟行
涪江,身在咫尺,前者没有登览
石佛寺,后者没有品题广利寺。
有个邋遢和尚,取笑了这种
圆满不圆满之论:"往过,
未来,法无二也。"席书担任
贵州提学副使,曾向王阳明请教
朱陆之异同,后者并不作答。
那个邋遢和尚只剩下一双赤脚,
一对长眉毛,已然懒得
搞清楚朱陆为一人耶为两人耶?

2021年

金华山
致蒋浩

我睁开了半夜四点钟的眼睛,腹内残酒
与胃液互相否定,电热毯趁机出动了
一张长方形的怂恿。忽而念及昨日,
你从一个孤岛打来电话:"余生紧急,
焉能旁骛?"为了做诗人,只求当
保安。而我,明早就会看到——
三个小道士扫着落叶,两个女道士
打着羽毛球。他们恰好是
松树的下级或倒影,掌心里早已
沁出了松脂。他们的每块肌肉,
都没有文字勒出的哪怕一小块瘀青。

2021年

野豌豆　22cm×28cm　2011年

虚 惊

柳树不会多长一片披针叶,桉树不会少结
一枚壶形果。我的小聪明
撞破了桉树和柳树之间的平衡,也许
还撞破了落日和鲫鱼之间的平衡。
江畔翠色蜿蜒,收缴了我的一场虚惊。

2021年

儿童节

他的双手犹如十二岁的青枝,她的双眼
犹如五岁的星星。就在这对中年
男女的内部,两个儿童快要藏不住了。
他们不再交换肉体;他们喝茶,
吃橘子,打羽毛球。他送给她——
他对一棵枇杷树的好奇心。
她送给他——她对一朵白云的购买欲。
落日如此浑圆,如此鲜艳,
已经浑圆和鲜艳到了宽恕他们的程度。

2021年

译 本
致陈先发

我可以把一只枯叶蝶的左边翅膀译成右边
翅膀，把回笼觉译成一截伪装的寂静，
把苦读过的一部诗集译成今天
清晨的满树鸟叫。鸟叫有更多译本——
小溪或小瀑布，长尾巴或短尾巴，
梭子或豆子，清澈和对清澈的不自觉，
高尚和对高尚的不自觉……我翻身
起了床，枕边诗集忽而开口说话——
梭子不用柿木，就该用青冈栎来做。

2021年

露营记（其一）

我被他们吵醒了，拉开帐篷右侧的小窗户，
直接目睹了一颗童男般的丽日跳出于
群山之巅。他们评鉴着一个孤单的懒觉，
并未觉察到我的醒来比光
还要快——这颗丽日有多新，
我的囊中之词就有多旧……起身找到
帐篷外面的鞋子，鞋带生霜，
伸入乱草，似乎偏要在寒气中结出
青青瓜瓞。忽而忆起昨天摸黑上到峰顶，
群星一点名，我们就支起了
帐篷。烤肉，喝酒，唱歌，跳舞……
直到群星钻入了夜雾的睡袋，
我们仍对驻地一无所知——
而四面早就藏好了比皱纹还深的峡谷。

2022年

双人床

看得到的地方用上梨木板,看不到的地方
用上柏木板……木匠甲还为这张
双人床嵌入了一个重洋。剩下来的事情
很难猜——风,浪,一个蛇岛……
好在还有木匠乙,他将把柏木板加工成
一棵野生柏树,把梨木板加工成一棵
野生梨树。两棵树
没有交换钻戒,也没有交换针叶和阔叶。

2022年

后悔药
致母亲

今天我就满四十七岁了。多么艰难啊——
终于顿悟了这样一门绝技——
一会儿走路,一会儿驻足,
沉吟于一棵常绿树,或一棵落叶树,
就像沉吟于两棵宝藏。每棵树都经历过
无奇,如今,每棵树都接通了
你的皱纹,你的角膜炎,你的骨质增生,
还有你的大无畏。我掏出手机——
打给一位密友——"哪怕马上就要
开会了,或者,马上就要开船了,
哪怕绕道,你也该去看看快开繁的樱花,
去看看快开败的白玉兰。"妈妈,
每棵树都让我措手不及,妈妈,
如今,
我只沉吟于你的此刻,你的最新的咳嗽。

2022年

石头记

每棵垂柳都像拉面高手那样抽出了大把
细枝，嫩得拴不住一片细浪，
也拴不住一节尾箱。火车志在成都，
涪江志在东海，而我们，枯坐于一块
大石头。从两秒之间的一个深水区，
我们抓住了一尾虚静，一尾比泥鳅
更滑的毛口鱼。对岸的一线山丘
克制不住急性青绿，主动得快要顺着
铁路桥驶来此岸。这块大石头无冬
亦无春，其木然甚于一座尼泊尔古寺。

2022年

乌克兰
致母亲

妈妈又在阳台上晒鞋垫。她最近患了
肩袖炎,右臂
下垂,像枯枝接收不了儿女的水分。
唉——安得猛士拽回几秒
妙龄,让她放下水桶,
在两棵桉树下讲出一条比苦瓜
还鲜嫩的歇后语。安得猛士守住
最后几根青丝。小日子不能永恒成
琥珀,只好晋升为奢侈品。
安得猛士把我们的忧心托举为
一颗卫星——
妈妈,你要忍着痛,
正下方就是俄罗斯连着乌克兰。

2022年

无题　70cm×50cm　2012年

看　山
致安遇

羌凤李开出了白银，而油菜开出了
黄金，两者在我们面前佯装
讨论汇率。你带我认识了马桑，
而我再也不敢向谁推荐马尾松或
油松。你丢下了一截烟头，
还是一截念头？植物的万种偶然
只为深藏一个比熄灭
更狡猾的必然——
我们该怎样来选修这烟头功课，
该怎样来畅饮这随时都可能
像游丝那样被掐断的
愉快而饱满多汁的有中生无？

2022年

凤尾蕨

如果它生在大地上——
多么可怜——我将难以获得一双苔藓的鹰眼。
如果它栽在阳台上——
你参与了季春和孟夏的拉锯战,
在某个无意探险的上午,
多么吃惊——你会发现它的嫩芽
比毛毛虫更像毛毛虫,你会用慢镜头
看见毛毛虫忽而
展翅的刹那比羞涩更加接近了凤凰。

2022年

易碎品

大海已经达到了沸点。黄条鰤急着跃出了
水面,落入了黑尾鸥的嘴里。
天意本没有缺口,
直到我们说出"节哀"或"恭喜"……

2022年

露营记（其二）

群山围起来的天空被拉上了拉链，就像一顶
可以变色的帐篷。从橘子色、柚子色，
到茄子色。我们围住火堆，
忽然言及了爱之罕遘。还不够吗？
陌生的高粱酿成了此刻微醺，偶然的枯枝
化成了此刻灰烬。还不够吗？
黄院长一边烤肉（多好的五花肉啊），
一边喜雨："这几天竹笋长得太快了。"

2022年

上 巳

我们不能收藏一片波浪,涪江就用左手
递来一堆鹅卵石(如同一串
脱口秀)。大鲵已然绝迹,余寒
尚未收尾。在采回一小袋陈艾以后,
你的十指散发出比窃喜
更曲折的薄荷香。我的近视眼看到了
比顿悟
更清澈的自然而然:一盆栀子花,
从根部,长出了一棵酢浆草。

2022年

兔子窝

两对男女在鲜花丛中打扑克，俄而，其中一对
假装去上卫生间。他们在半路上变成了
一对蚂蚁——在一朵蔷薇的掩护下，
碰了碰触角，相当于半个小时的热吻。
为什么不变成一对兔子？兔子跑得太快了，
会跑掉短尾巴，会跑掉长耳朵，
会把那对男女跌出它们的毛茸茸皮囊。

2022年

落　差
致王唯

你带我们穿过了一片桤木林——
绿叶正在悄然变红。此地
大师云集——长满了车轴草，
开满了萝卜花。我们刚刚听到
水声，涪江就已经横在眼前——
是的，一个落差，
从平静
到狂喜。是谁踢了踢岸边的
一条死鱼？是谁转而谈及几部
惊悚片？我们分开草丛，
走向上游，却把前方的一个狂喜
塑料袋错看成了一只平静
野兔——于是就从草丛，
突然飞溅出更多更大的浪花……

2022年

伶 仃

一只黑褐色的鹩鹧在两难中滑翔,带着羽毛状
的痛苦。偶尔会有一两条红鲤跃出同心圆,
带着锦鳞状的痛苦。涪江不回头,
带着细浪或漩涡状的痛苦。所有痛苦都被
压缩进一个注射器,
在我的脏器上留下了谁也看不见的针孔。

2022年

露营记（其三）

涪江上的小岛至少比我的好奇心多出
一座，而渡船恰好比我的想象力
短了一尺。小岛怀揣一条小河，
小河手挽一片小草原。四野清凉，
对我者谁？不是几棵鸡冠刺桐，
而是长出了亮褐色荚果的我。
不是一丛白茅，而是长出了蓬松
花穗的我。不是一只只奶牛，
而是乳头发胀的我。夕阳烘干了
我的棉袜，我留给大地一把欠条。

2022年

露营记（其四）

夜深了……《碧岩录》不离文字，
不在文字。那么，防潮垫是不是
飞毯呢？我多么惊异地听到了——
露珠从草叶的锯齿上滴落。
我多么惊异地听到了——大地
因微微开裂而释放出来的鱼腥味。
宗杲禅师本是克勤禅师弟子，
他却烧掉了《碧岩录》。我多么
惊异地听到了——
我的青枝结出了文字以外的荚果。

2022年

夹竹桃　38cm×50cm　2013年

露营记（其五）

如何写一首操心的不操心之诗？或一首
不操心的操心之诗？我只好求教于
大自然——快看，一只从天而降
的绿蜘蛛是一个字母，一丛钻叶紫菀
则是一堆字母，所有字母为我拼写
出了一个未答之答——如同一只
白猿，团团转，终于抓住了自己的
影子并回复给一个未问之问
——如同他们收了网，没带回来
一只龙虾，却带回了半篓月牙。
而我，直到次日凌晨，才舀到了
一瓢未得之得——雨丝用细密针脚，
缝出了一部青烟般的形而上学。
却看帐篷外，那堆篝火将熄
而未熄，就像我的一颗分别心。

2022年

小　满
致母亲

每棵树都在热播鸟儿啁啾，我被青翠吵醒了。
从厨房传来了铝合金与白瓷的耳语。
妈妈呀，我已分不清你是在淘米去沙，
还是在淘沙去米？妈妈呀，我也分不清
何者为盈，何者为亏？近来雨水增多，
籽粒渐熟，南北方温差缩小。我否决了
我的否决权。妈妈呀，在这个失忆的清晨，
我学会了
蛙泳，从床头跳进了波光粼粼的"不圆满"。

2022年

不　够
　　致宗性

乾隆六十年闰二月十六日,清明,
遂州张船山看罢桃花,过法源寺,绘接引佛,
并在左下角钤了一方闲章——
"如无文字"。勒石以后,传真至今。
二百二十七年过去了,你以朱砂和烟墨
拓出此画,带回遂州交给了我。
其时青菜长得正好,鸡蛋也较去夏为多。
我却瞧得不够——不知烟墨即朱砂,
张船山即王船山。我还聋得不够——
不知鸡蛋是大悲咒,青菜也是大悲咒。

2022年

下午茶

她点了一袋泰式奶茶,他点了一袋老挝
冰咖啡。他们交换着喝,
倍增了这个下午的性价比。桌子的
前身是一棵云杉,椅子的前身是一棵
油松,他们的前身是两棵垂柳。
他当场送她一卡车蝴蝶,每只蝴蝶
都想通过竞选成为她的临时
配角。他们为何长出这么多细嫩
吸管?正当初夏,幸福液化了呢!

2022年

上　邪

他惊喜于他一连制造出了十二个四月。
他惊喜于她用嘴巴衔着一支月季,
又去剪另一支月季。
他惊喜于她穿着深红色的百褶裙,
就像一条学会了交谊舞的金鱼。
他惊喜于两支月季都会不断获得
加息的机会。
他惊喜于惊喜是一个比不朽
更适合插入两支月季的细颈瓶……

2022年

露营记（其六）

两岸靠得太近了，以至于一个小的逶迤
就让左岸遮住了右岸，或让右岸
遮住了左岸。这条小溪弄丢了下游，
猫身钻进了由牡荆、桑树和乌桕
搭成的绿孔。六道木花开得紧俏——
几只黄蝴蝶根本不知道它们已立下
奇功，未来的带硬毛的果子也
不必向谁致谢。小溪里的乱石因
长满青苔而呈现出一种数学般
的有序性。从我指间逃掉的小螃蟹，
它们泅向了一个真理。也罢，
且去上游，站在瀑布下面冲个凉，
哪怕为这个真理
羼入了某种不干净不确定的元素。

2022年

传灯录

太平的水位不断下降,水库却接受了
更多鱼苗。读初中那年,
我差点淹死。太平的果树种得太多,
李子和桃子只好烂在枝头。
太平的南瓜切成细丝,加青椒,
炒来风味甚佳。当然,也用来喂猪。
太平的稻田久未发现鲫鱼,亦未
发现黄鳝。南瓜是带籽的灯,
桃子是多汁的灯,李子是偏涩的灯,
野生蓬蘽是由红变紫的灯——
每盏灯的瓦数都大于太平的教育。

2022年

小 参

六月六日下午三点,寺里又在考管理学。
小沙弥得了四十八分,很得意,
他说:为人民服务。晚上八点呢还是
九点,有人从射洪县送来一筐
比管理学甜得多的鸡血李,放在了
后山门。从僧寮到后山门,
要经过几丛怒放的豆蔻。他说:
鸡血李不可思议,
豆蔻亦不可思议。他说:见者吉祥。

2022年

亦心　50cm×35cm　2013年

雨 罢

他们再次来到了这里：一片椭圆形田野，
一个清凉草亭。他们摆好了桌子椅子，
喝了一款野生茶，又喝了一款红茶。
一只蝴蝶从他和她之间穿过，像穿过
两棵八瓣菊或向日葵。本为采蜜，
不料授粉。他们也将带着它的翅膀，
带着它的翩然，带着它的无知——
不识猛兽的无知——
驾车穿过比八瓣菊更多彩的"得"
与比向日葵更多籽的"失"……

2022年

天 涯
　　致母亲

妈妈，痛是你的影子，也是你的大海。
我问：睡得还好吗？
你说：我们的两棵绣球，一棵开了
六朵，一棵开了十朵呢。
妈妈，我是一个又尖又硬的岬角，
只剩下了测谎仪和远眺——
你的惊涛骇浪
向我推送了比绣球还安详的晶蓝。

2022年

史　诗

第四只蟑螂奔逃八百里,躲开了大象的巨掌,
穿过了洪水,放弃了断腿,在独自生还之际,
忽然坠入了黑暗谷。它发出了我的哀鸣——
我在沐身于云端之前,已经杀死过三只蟑螂。

2022年

露营记（其七）

涪江比青山更胜任孤枕，鱼儿劈波
比鸟鸣更胜任闹钟。我醒了——
身边，五棵枯树！这是虚无与我
之间的邮差吗？它们给夏天
投下反对票，一丛钻叶紫菀则投下
更多更密的赞成票。我用赤足
扰乱了这丛钻叶紫菀，又用赤身
扰乱了涪江。一只野蜂评估了
入侵者的野蛮指数，趁我
戏水，在一个馒头上留下了肉眼
难以识别的雷霆。它是天真
与我之间的邮差，
还是神秘与我之间的邮差呢？

2022年

两茫茫
挽陈于化

庚子年腊月二十七日凌晨,你欣然于
见到了亡妻,泫然于
玫瑰都成了孤儿。你烧制的玫瑰
示范了你画出的玫瑰——两者又都
示范了你种下的玫瑰。既是小概率,
又是大概率——你用艺术平衡了
死亡。在有香而易凋与无香
而不凋之间,在死亡与艺术之间,
我们欣然于选不出花魁,
泫然于艺术与艺术家的两茫茫……

2022年

北　极

不计其数的崖海鸦筑巢于黑色峭壁,夏日
将尽,它们的幼鸟参差试飞。
若干幼鸟落到滩头,刚好够一群北极狐
吃个软饱。其余幼鸟落到海面,
按比例脱险,按比例长大,
按比例重返黑色峭壁。崖海鸦数学
还精确到了刚好让沙枪鱼、沙丁鱼、
鳕鱼、鲱鱼和毛鳞鱼不至于成灾或绝种。

2022年

白　鲟

七月二十一日深夜，我得到一条消息——
长江白鲟灭绝。长江对我的教育少了
一门课，我对长江的好奇心缺了一个角。
只有泪眼才能看清——最后一条白鲟
从倒叙中出游，它已经孤单到想要
把自己的象鼻吻割赠给一条鲫鱼的程度。
你听懂了吗——
它对这条鲫鱼耳语：表妹，珍重……

2022年

无 为

内森和萨姆潜入了卢安瓜河谷。他们
不能提醒——当鳄鱼靠近了一匹
好奇的小角马;也不能援助——
当母狮包围了一只
无邪的小瞪羚。一头小象受伤了,
快死了,他们也不会施救。
他们在多么小的程度上改动了这片
泥棕色荒野,
就在多么大的程度上
从动物摄影师进化成了一对圣贤。

2022年

入 伏

我多么嫌弃我的这张皮囊：它已全面焊接于
热浪。我逃进了一只青蛙——
从一张焦唇荷叶，
跳进了一个果冻般的池塘。皮囊无主，
顿时分泌出了比汗珠还要大颗的思想。

2022年

得 山
致桑克

是谁把润楠、水杉和塔松寄放在
天台山,就不是谁
把我寄放在这片丛林。与其
穷尽一片针叶
或阔叶的秘密,不如忘词于
青翠。树液走高,
小溪走低,它们是否约定了
接头暗号?小溪比我的好奇心
更具示范性地穿过了
一堆巨石——前方就是下方,
小溪就是
小瀑布。山路活泼得如同
旋转楼梯,把我轻放在
小瀑布的水花踝骨旁边——
那飞溅出来的凉爽不可剪裁,
不可持赠,
那飞溅出来的凉爽
比没心没肺更加饱含智慧。

2022年

野竹　79cm×60cm　2017年

附　录

诗珠（节选）

诗，非诗，非非诗。此语袭自《金刚经》："如来所说法。皆不可取。不可说。非法。非非法。"

词永远在半途。

落日无非一颗，诗人数个不停。

诗是对诗意的回收和补偿。

物理学的郊区是哲学，哲学的郊区是神学，神学的郊区就是黑森林，就是老巫婆枯坐，就是直觉之莺连夜叫唤。

鼠疫会从一个词传染给另外一个词，以及另外一些词。

在"本体"的无垠的边陲，"喻体"成立了独立战争研究会。

虚字须有锯齿。

各种辩证法：拙而巧，陈而新，生而熟，冷而热，柔而刚，谐而庄，皱而透，约而繁，断而续，喧而寂，轻而重，缓而急，迟而速，险而夷，泥而隔，近而远，浅而深，瘠而肥，澹而腴，野而文，郑而雅，秀而隐，纤而秾，奇而正，圭角不露，机锋亦圆……

词典是词的集中营。词被拔光了毛，后来还被剪去了翅膀。词典永远不可能把"顽石"解释为"心脏"，也不可能把"枯枝"解释为"废墟"。

饥饿有助于思想。

每个词都是异邦。

我与我，我与非我：诗人必陷于这双重的对簿。

水面跃出带鳞的经验，枝头掉下有核的思想。

两棵树之间没有恩怨。芦苇丛里面没有恩怨。木芙蓉的红白两色之花没有恩怨。四只茶杯之间有一点点恩怨。卡座、包间、车流、广场、会议室更甚。

尖细而不折：我说的当然不是削铅笔。

字和词亦有豹子头，长喙，豪猪的刺，狐狸的尾巴。

两个词猝然相遇：它们要么尖叫，要么昏昏入睡。

天真之必要。天真而途穷之必要。

畏惧宜入诗。羞愧宜入诗。天人交战宜入诗。偷不着宜入诗。疲倦宜入诗。相看衰颓宜入诗。丧乱宜入诗。内心积雪渐厚宜入诗。双飞燕慎入诗。积极浪漫主义慎入诗。功德慎入诗。希望慎入诗。明日之美慎入诗。逻辑学勿入诗。画饼勿入诗。五种奇花勿同时入诗。关联词勿入诗。雄心勃勃勿入诗。没有长雀斑的少女勿入诗。

秋风有角，有齿，有爪。流水亦如此。

诗人必去往母语的边陲。

遇到陡峭的悬崖，气流就会上升，把诗意抬到兀鹫的高度。

从杜甫到晚清同光体，字被多次浸泡，最后它们将带着谁的体液和花粉来到我们面前呢？

次要的都说完了：你还没有听到主要的吗？

巨灵神败给了樱桃。

要有汉语的发电站，也要有英语、俄语或德语的变电站。

连医生也取不出他体内的异物：不是结石，而是心脏里的心脏。

毛茸茸的思想，狐臭的思想，多肉多汁的思想。或鱼腥味的理性。

野鸭子在水面追逐，欢叫，浑不管两岸案牍堆积。

一只飞回来的大雁的流水账、一只马蜂的流水账、一条待宰之羊的流水账、一棵苦楝树的流水账，以及流水的流水账，均高于小职员的流水账，而小职员的流水账，高于加密保险柜里的流水账。

割草机顾不上草的疼痛和芬芳。

词只是一个信封。

在说"我"的时候,我们究竟在说"谁"?

字之于词,词之于句,句之于句群,须如水蛭之于肉躯。

儿童创伤史,疾病,生理缺陷,孤独,不可能的爱情,错觉和幻觉,白眼(别人和自己的白眼),往往伴随着天才。

连石头都有被强奸的时候。

他反对着美学之父,不知不觉间,就靠拢了美学之祖。

词法、句法、语法,必然都是反复受挫之物。

每首诗都会不断迎来她的陌生作者。

诗应是即将被接受之物。

诗人应当献身于遏制人类对大自然的影响力。

如果蝴蝶是翻飞的琴键,就必然还有忙碌的弹奏之手。

那些讥笑诗和诗人的人轻易就获得了附议。他们就这样被抛弃了。

每种诗体皆有其童年期、成年期和老年期,或者说,叛乱期、合法期和腐败期。亦可推及每种文体。

逃出语言公社之必要。

没有新款的痛苦,只有新款的眼泪。

本无妄字,亦无妄词,用之不当,字词皆妄。

在一首诗里面,哪怕起了个小浪,也将波及最偏远的那个字。

对山水的信任,对花树的信任,对断肠草的信任,对鹤顶的信任,对一个隐藏的漩涡的信任,超过对人我的信任。

修辞可学,襟抱与情怀不可学。奈何修辞关乎襟抱与情怀。

在非诗意的枪林之间,诗意如同一滴鸟鸣。

词与诗意寂寞相混。

思想和精神严格地拥有着——甚至规定和制造着——字、词、句和修辞。

斧头必有动脉连通木匠或樵夫之手。

诗人乃是这个非诗意世界的人质。

诗与教科书之间的大小恶战将成全后来的教科书。

人与大地之间的民主,而非仅人与人之间的民主。

常语须置于奇境,奇语须置于常境。又无须刻意如此。

诗意每见于无字。

字字句句须有六七分醉意。

无数诗人毁于对精确度的迷恋,他们不会懂,精确度有时候恰好体现为不必精确和不可精确。

汉语已经瘦成了枯枝和舶来品!风干的汉语!赖于英语之氧的

汉语!

你看到一个词,又一个词,会像首次看到它们那样发出激动的惊呼吗?如果是这样,你已经接住了那个跳脱的绣球。

汉语的赡养者!汉语的抚养者!

猎豹无须计算和分配每块肌肉的力量,就能够完美地扑向埋头吃草的小羚羊。

诗人并非命名者,与此相反,他应该返身进入万物的未名时代。

诗是诗人最后的遁逃薮。

用铁锤砸鸡蛋的人,用水淹鱼的人,用豆腐磨刀的人,用棉花攻击篝火堆的人,他们带来的是喜剧性还是悲剧性呢?

高楼的临时性,体育馆和游泳池的临时性,一部巨著的临时性,计划和规划的临时性,面膜的临时性,香水的临时性,摩崖石刻的临时性,地铁的临时性,文件和会议的临时性,以及几粒草籽的永恒性……

在你则无上法,在我则烂扫把。

物与物之间应无町畦。词与词之间应无町畦。词与物之间应无町畦。

修辞不应该是痛饮,而应该是呕吐:忍不了的呕吐,止不住的呕吐。

词与诗意之间的龃龉意味着更多的可能性。

诗即挽留。

猎豹有力量,也有速度。猎羚只有速度,所以,猎羚的速度必须快于猎豹。汤氏瞪羚的速度慢于猎豹,但是,它比后者更擅长转急弯。

诗是诗意与诗意之间的休止符。

只有女人和诗人会惊艳于镜中之我。

山水之间无赘物,天地之间无废字。

木而有瘿,人而有诗。

两个汉字,亦近亦远,或隔一念,或阻千山。

猫总是扑向更鲜的鱼,狗总是扑向带肉的骨头,"能指"总是奔向意料之外的"所指",或者说,"所指"总是奔向意料之外的"能指"。

诗乃是我与我之间的夹缝。

诗意屈居于诗。

铅笔归于学生、官员或工程师,被削掉的木屑则全部归于诸神。

自行车追赶着火车,当火车终于消失于无尽隧道,玄学或神秘主义就产生了。这辆气喘吁吁的徒劳的自行车叫作"语言"。

传统只剩下了枯荷,新诗却开来了推土机。

诗只是得到诗意之前的最后干扰。

诗失求诸野。

相比舌吐莲花,诗更接近口吃。

诗人之不幸，诗人之大幸，都在于他永远不知道什么是诗。

字和词永远也不可能穷尽一根松针。

永远如此：从正确滑向美。

庸人欣欣向荣，天才岌岌可危。

感性与知性如何相融？当要鸡尾酒，不要汉堡包。

词，想象力，银鱼和白鱼，都需要休渔期。

诗拽住诗人不断撤退。

每个词都在寻觅她的芳邻，始终在寻觅，——诗人为此着了急。

诗人被绊倒了，又被绊倒了，因为，他只看见词，却没有看见词的铁门槛。

温度计、硬度计、速度仪、压力计、计时器、卷尺、秤、地磅、秒表、角度测量仪，如此种种，我说的不是工具，是词，换句话说，词亦是工具，当词面对无内、无外以及无内无外的诗意。

诗只是诗意的试金石。

诗人每每被反锁于巨大的未知、乌有和阴影。

东风、流水、瀑布，不能像律诗那样裁出首联、颔联、颈联或尾联。

意与象趋于无间，超验诗乃有可能。

先验，超验，经验：诗人循序而退，哲学家循序而进。

任何一首诗都不可能穷尽一条峡谷，或穷尽一座人迹罕至的森林，但是，甚至只需要一首诗，就可以自荐于峡谷之神、森林之神。

一个苹果放进了一堆土豆：这堆土豆就是这个苹果的上下文，将强迫我们思考两者的内在关联度。

抑郁、痛苦、绝望，无损于言词的欢乐。

诗人有什么责任？通过写作让自己得以免于更严重的危机。

"语言"就不说了；而"言语"，乃是语言、记忆、调子、趣味、氛围、疾病、怪癖、偏见、差异性、心之阴影、卧室、祖传美食、地方性和临时性的织体。

未知为神。无形为神。

天才之诗定然给人带来不适感。

癫狂——躯体的、情感的、道德的或庞然大物的癫狂——转换为诗，而诗，转换为更小的癫狂——字词和想象力的癫狂。这就是诗的赚头吗？

当写作意外放慢，不得不放慢，诗人必如临大敌。

一只凤凰，它的孤独，来自一群乌鸦；更大的孤独，则来自一群凤凰。

缄口吧！缄口吧！缄口吧！诗人啊，请给诗一条生路。

所有的满足感，身体的、物质的、思想的或虚荣的满足感——包括词的满足感——都有害于诗。

词的虎牙,时无时有。

某个词被孤立了。这说明了什么?某种感受力被废黜了。

传统远非现成之物。

哪个诗人不想抄袭一棵树?

天才与屠夫具有相似的不得体。

诗永远不可能穷尽这突如其来的一秒虚无。

诗只是诗意的边鼓。

创新并非基于文学进化论,而是为了不被唐诗压死。

歧义是对精确度的伤害。可是谁说得清呢,有时候,歧义又体现为更高级的精确度。

诗是失败者的高楼。

白痴共有三种:一级白痴,必欲在口语和玄学之间分出雌雄;二级白痴,必欲在口语的能力和玄学的能力之间分出雌雄;三级白痴,必欲在口语和玄学的共生能力上分出雌雄。诗人只有一种:酒酣耳热,散发乱服,哪里分得清什么口语与玄学?

两首诗等速,但是,一首太快了,一首太慢了。

我们有资格挑剔任何一只老鼠的精致度吗?

词跑在前边，跟上来的思想就很别扭；思想跑在前边，跟上来的词就过于平凡。

那些描写土豆的词，我省下来了，准备用于描写狂喜或尴尬。

新诗意味着任何人都不可能真理在握。

成都的病橘，左绵宾馆的海棕树，涪江的千万尾鲂鱼，如此种种，只要被杜甫看见，就必须分担他的抑郁症。

阿根廷队出局，银杏树的内心没有半点波澜。

叙事性和抒情性，各十两，译成英文或德文后，前者可存八两，后者唯剩二两。

诗人须有令人惊叹的天赋。

相对于诗人、文人或小说家，我更愿意倾听补鞋匠、街娃、木匠、油漆工、驾驶员或列车员的诉说。

对于诗人来说，连刷牙，都有可能是个负担。

诗人让一吨多重的灰熊长出了长长的野雉翎。

你总是期待标准的好诗吗？而我转而期待不标准的好诗。

我们可以反复修改一行诗，但是，我们修改不了土豆或洋葱，也修改不了狮子、鲫鱼或苍蝇。

永远不要指望一只喜鹊会爱上我们。

熟而又熟，生而又生，熟而能生，生而能熟：此诗之四境也。

诗与非诗时常发生情人般的争吵。

狮子自个儿舔好伤口，大诗人自个儿熬过危机。

任何苦行主义都内含着某种决定性的快感。

诗是诗意的可乘之机。

偶然性的光线，让诗人，有时候也成为诗之阴影。

石榴籽多，无须修辞。箬竹叶肥，不讲道理。

分行须如抽刀断水。

字和词的公有制，通过写作，必须转变为私有制。

字和词都不是现成的工具，而是我们逐渐得来的狐臭、眼泪、湿疹、炎症、老年斑、性器分泌物和内伤。

新诗逐渐放弃标号和点号，大谬也，当代诗人应该重修逗号神功、分号神功、冒号神功，以及感叹号、破折号和省略号神功。

字和词不是卷尺，不是墨斗，不是斧头、锯子或凿子，而是木头、纹理、气息、风度和可能性。

诗人最好能热爱体力劳动。

诗是这样的饲料，可以很快把孤独喂得更肥。

鱼儿飞跃，令人技痒。鸟儿滑翔，令人技痒。夏花半开，令人技痒。

秋叶半黄,令人技痒。深冬枯荷照影,令人技痒。初春残雪留痕,令人技痒。柳枝拂,石榴炸,白果成串,香蒲成棒,荷叶上水珠流转,乌夜啼,乳房低垂,石笋倒悬,瀑布飞溅,流水、热泪与闪电,总是恰好令人技痒。

写诗有助于理解凤尾蕨之心。

诗是我与我之间的迷藏。

速度与密度不可得兼。

对于诗来说,有时候,韭菜比真理来得还重要。

成诗如收网:跑漏的鱼儿数不清。

痛苦与享乐主义美学并无龃龉。

诗人大都是——广义的——"失恋者"。

诗乃是诗人局限性的明证。

这就是我们的出路:认出一剪柳枝或几粒切叶蚁的不朽。

写得越艰难,诗就越有可能接近真相。

每片树叶上都有千座悬崖。

不是矛盾的解决,而是矛盾的本身:我说的正是大诗人的非典型性特征。

银杏叶悄然由青变黄:这个浑不觉的过程,就演习了诗学的高级机密。

诗促成了草履虫与大象的对峙。

玫瑰花总是比猪或小便更有"诗意":有时候,这就是问题的根源。

麻雀与孔雀的民主赖于诗。

诗题妙在若不相关。

普通话驱散了方言,但是呢,方言必将在诗里得到秘密的迎接。

诗何以异于散文?句法上的痉挛,一种非散文的痉挛。(此处已顾不得涉嫌循环定义的恶习。)

如果最后的野兽消失了,在这个大地上,诗也就跟着消失了。

诗对逻辑具有近乎本能的耐药性。

无论是写狗头鱼,还是写犰狳,诗都不免是一种"潜精神传记"。

毛茸茸的字,湿漉漉的词,气咻咻的句。

职业诗人?啊,不,这太可疑了;希望他同时还是理发师、卡车司机、教授、道士、保险销售员、外科医生、公务员、尸体缝合工(像布罗茨基那样)、萨克斯手,或随时手持大剪刀的园艺师。

公共象征不如半公共象征。半公共象征,实则就是半私人象征。

"不贞的处女",嗯,这是个更有意思的话题。

向右看齐的时候,诗人正在系鞋带。

每个人都有资格自问："我是不是帮凶？"

动用每个字、每个词，我们都应该留下自己的指纹。

诗是对诗意的声援（或掠美）。

诗人以内心的卷尺丈量着白发的半径，瀑布的休止符，喟叹的震级，苦笑的风力，上嘴唇与下嘴唇的落差，丈量着痰喘里的五公斤郁积，丈量着落叶给大地造成的一吨梯恩梯当量的轰响。

来吧，做决定的时候到了，让我们把永恒押给闪电：一个字的闪电，一个词的闪电，或一个单句的闪电。

诗是我与茑萝之间的交通员，是我的绿蔓，也是茑萝终于呕吐出来的"人之负数"。

在领取口粮的地方，诗耷拉着脑袋。

诗人有时候会接到死者的委托。

词的减法，想象力的乘法：这是诗人面对的两道彼此仇视的算术题。

诗人还能做些什么？除了系紧柳枝，对恶，对丧失，象征性地施以绞刑。

诗人与麂子同时受到惊骇。

理想与面条擦出了诗之电火。

他们批判大象不会上树，批判松鼠没有翅膀，批判秃鹫不会钻地洞，批判穿山甲没有漂亮的尾翎，批判锦鸡没有獠牙，批判老虎没有蒲扇般的耳朵和一米多长的鼻子。……如是而已。

诗只是诗意的青年旅店。

既有高级的口语,就有低级的口语,既有高级的书面语,就有低级的书面语。那么,口语与书面语之争就存有四种情形:高级与高级之争,高级与低级之争,低级与低级之争,低级与高级之争。除了两者之争,还有两者之交:高级或不高级之交。高级的口语与高级的书面语之交,就是一切写作的至境。他妈的,非要说得这么清楚吗?

只要羞愧没有失传,诗就不会失传。

我们可否借助拖鞋、钉子或红烧肉这样的事物来阐述诗学或哲学呢?

我们爱上了字和词,同时呢,不免怀恨在心。

这次我与艾略特说的不一样:我们既是语言的奴隶,也是语言的奴隶主。

诗与欠条,好有一比。

诗人总是破解着——并设计着——字的萍踪。

走出困境的诗人太少了,以至于,这些诗人像是走进了困境。

诗是这样一种未知数:它让巧舌变得支支吾吾,让爱变得笨拙,让堕落得了光辉,让严肃与荒诞互为掩体。

修辞造成了字的绯闻。

诗人共有的幸与不幸：总是能从字的夹缝里找出一缕躲闪不及的不完美。

李贺，梵高，顾城和海子：他们都被抵押给了自身的天才。

泰山有花期，海棠就有百丈崖。

"红色""黑色"和"白色"，其政治学语义均已剧增。"黄色"，其政治学语义在骤减，生理学语义却在剧增。"蓝色"，其宗教学语义渐滋，而物理学语义未泯。"绿色"，物理学和诗学语义均已剧增。

蜜蜂喜欢油菜花，不喜欢黄金。我们说"黄金般的油菜花"，是否构成了对蜜蜂的冒犯呢？

诗人要不断成为他的诗的陌生访客。

诗是字的如意算盘，也是字的极限运动。

孤独地赞美！——难道还能有其他的赞美方式吗？

名词暂借作动词，或暂借作形容词，形容词暂借作动词，此物属性暂借给彼物，凡此种种，往往可收得奇效。

没有苍蝇，何来佛陀？

何者饱含更多的真理？一座图书馆，还是一只柑橘？

为了一眼看到白骨，诗人忽略了临时的血肉。

心有丢在郊外的时候，正如呢，帽子有长在头上的时候。

除了羞愧，何来神性？

很多字和词，也许永远不会被我用到，——每当念及这个问题，我的手心、背心，都会冒出冷汗。

诗与混凝土具有互斥性。诗与乌托邦具有互斥性。

杜甫迄未停止挑选他的读者。

那些描绘萝卜的词，可以攒起来，用于描绘野生的思想。

大懒兽绝种了，巨型河狸绝种了，夏威夷吸蜜鸟绝种了，爱尔兰麋鹿绝种了，长毛象（猛犸）和渡渡鸟也绝种了，……我的意思是：诗已经所剩无多。

每颗火疖子或肿瘤都有其道理。

天才经不起细菌。

诗对语法的反动，正如画对几何学（甚至透视）的反动。

诗——甚至整个儿文学——就是从无意义中打捞那么一点儿可疑的意义。

诗人和野生动物都遵循大地伦理。

呋喃丹在何种程度上改变了玉米，并通过玉米，在何种程度上改变了喜鹊的啼叫？——这就是诗人的算术题。

"诗"应该是贵族的，"人"应该是平民的，——由此可见，"诗人"得有两套器官（语言和身体）。

语言是诗人的"针毡"和"火宅"（此处借用了佛教术语）。

诗人——很有可能——乃是最后的原住民。

南瓜藤爬上了水泥路，——这让我想到抒情诗的命运。

最伟大的人性就是对人性的警惕性。

我们"懂得"一只鹅吗？"懂得"一只花脚蚊吗？"懂得"一株寻常的桉树吗？"懂得"一颗秧苞（也就是蓬蘽）、一朵蛇床子或一杯并无惊险的白开水吗？那么，为什么非要"懂得"一首诗呢？

山羊的双眼连通大海。

没有任何一棵松树显得多余。没有任何一根松针显得无礼。

小说家重用"偶然"，诗人迷恋"即兴"。

与标语相比，诗更接近哑语。

认识多少字和词，就得到多少自由。

说到叙事性，鲜有诗人，能够像小说家那样借来双眼。比如，一个受过惊吓的小女孩的双眼，一个疯子的双眼，一个亡灵的双眼，一只猫的双眼，一个妓女的双眼，一个性别错乱者的双眼，一个看门人或守夜人的双眼，甚而至于，一个从未来而来者的双眼。

诗与思想的关系不会大于麻雀与电线的关系。

诗不仅是抽屉，有可能，还是抽屉中的抽屉。

坏小子诗学,无非阐述,绕道向善的某种花式身手。

诗的一项天职,就是带来意外。

汉语的式微,文体的僵化,原本就是一个镍币的两个面。

我们应该向杜甫或歌德学习什么?写法?不,学习他们为什么选择那样的写法!

"拒绝形容词"——这是当代诗学的一条洞见。

一首诗不可能比一片树叶更加晦涩。

我们要写的不是坏诗,也不是好诗,而是看起来像坏诗的好诗。

诗人应该多读自己不喜欢的大诗人。

陡峭能出大诗人(比如夏尔),平实也能出大诗人(比如雅姆)。关键不在于陡峭或平实,而在于是何种陡峭与何种平实。

诗人每与上帝争权。

才华是条猪,看你怎么喂。

语言给诗人带来受难日,诗人给语言带来复活节。

旗袍开衩只能高到"诗"的位置,否则,就有走光之虞。

让痛苦长出獠牙,让快乐长出又嫩又黄的针叶。

多识植物,可高诗格。

自反（self-negative）乃是伪诗人之畏途、真诗人之美德。

诗只是副本对正本的猜测，或副本对若干疑似正本的猜测。

诗人为两个冻僵了的词接通电流。

如果我接种了谎言，就永远不会感染上诗。

诗之批评天生就是一条双头蛇——既要穷究诗之可能性，又要穷究批评之可能性。

诗不是关于"道"的艺术，而是关于"绕道"的艺术。

一个醉汉在大街上乱骂，他知道诗不会还嘴。

当我说出了"正义感"，就被听成了"遮羞布"。

很多批评家都分不清新诗——乃至一切艺术——的两类失败：其一，因守成而失败；其二，因探险而失败。

北京，成都，遂宁，距离杜甫一样远近。

少年秃鹫怎样抓住第一只奔逃的野兔，诗人就该怎样逮住每一首不愿意筑巢于文字的诗。

雄辩是诗之恶德。

什么是诗？什么是散文？一所位于边陲的师范学院，一个正在考博的副教授，纠结于说不清两者之差异。其实，这不是困境，恰好是佳境。

"甜"可以治疗"萧瑟"，正如，"萧瑟"可以治疗"甜"。

诗不是"针",也不是"大海",而是"针"与"大海"的各种不对称。换句话来说,诗是一架岌岌可危的天平。

任何一棵树都是诗的舅舅。

诗不是词的惊奇派对,也不是物的惊奇派对,而是词与物的惊奇派对。

就结构的精妙性而言,有几人敢说,他的诗超过了任何一把牙刷?

诗人就是某种意义上的遗民。

与胡萝卜相比,诗就是作伪。

任何两片银杏叶的相似度,不会高于任何两首诗的相似度。

大海可以直接上锁,也可以安装防盗门。

诗人一打求救电话,大自然的铃声就响个不停。

不要问大林鸱为什么要伪装成一截灰色树桩,雌螳螂为什么要在交配后吃掉配偶,蜥蜴为什么突然从亮绿色变成了巧克力褐色,石头为什么会生青苔,黑法师为什么那样黑,也不要问诗人为什么要写诗。

食盐、氨和二氧化碳在特定条件下发生反应,或油桐烧炭,都可以得到某物。前者可称为化学家制碱法,后者可称为诗人制碱法。

对于大多数诗人来说,佛学,或可作为方法论,不宜作为世界观。

诗学对诗的跪乳,远逊于诗对诗学的反哺。

诗只是诗意的迫降。

诗人放弃的若干形容词，在晴天，可望被读者从字缝里捡回来。

诗人的倒带技术具有无往而不验的实用性——从一截枯枝，回听到青青耳语；从一片细浪，回看到虎踞般的冰山。

天才好比皮夹里的现金，大师好比银行里的存款。

诗意是茶壶里的汤圆，不是随时可以透支的信用卡。

字词不过是诗意与诗之间的危桥。

诗人运动会开幕了，共有两个项目，亦即聪明比赛和笨比赛。只有聪明到笨，或笨到聪明，才有可能夺得金牌。于是乎，就有这样的江湖传言——虽有两个项目，实则一个项目。

在落日与我之间必定存有某种平衡。

大象并不显得肥胖，与此相反，它们颇具有诗之窈窕。

诗的文体边界在哪里？幸好，谁都回答不了这个问题。

神秘主义不是"诗岸"，而是积雪覆盖的"诗源"。

鲤鱼跃出江面没有破绽。枯枝交错没有破绽。芦苇成片倒伏没有破绽。秋风给湖面造成的细小褶皱没有破绽。猫在睡觉时没有破绽，不睡觉时也没有破绽。

不是每座山都有"铜矿"，然而每个人都是"诗矿"。

诗人有力地造就了诗的无力感。

诗不是诗人的觉醒,而是诗人的惊醒。

诗不过是诗意的余额或……废墟。

有个女人蹲在地上,打一下,骂一句,正在教育一条狗。有棵棕榈树正在教育人类。那个女人不可笑,那条狗不可笑,那棵棕榈树似乎很可笑。

左边是无味的真理,中间是诗,右边是有趣而无害的错误。

乒乓球比赛开始了——诗意对词的扣杀,词对诗意的反削。

诗倾向于将诗人列为被告。

想象力必须胜任——而非取代——精确。

与其引用杜甫,不如引用冰雪。与其引用王维,不如引用水母。与其引用李贺,不如引用蛇之斑斓。与其引用苏东坡,不如引用长江或热带植物。

诗意随时准备失败,就像诗总是渴望出彩。

有人卖青菜,有人卖虚空。

想象力不等于虚构力,尽管后者有点像前者的风衣。

诗不是既有诗学的跟屁虫,而是未知诗学的司晨者(一只新颖的雄鸡)。

数不胜数的诗之平庸，共同证明并维护了平庸之安全性能。

杜甫、李白和王维构成了儒道释在唐诗中的金三角——这样的说法并没有太大意义，更重要的是，要去发掘出杜甫诗中的抱朴子、李白诗中的孔子和王维诗中的某位少年游侠。

诗只是诗意的一截还没有完全熄灭的烟头。

如果你自忖并非李贺或兰波意义上的天才，那么，你取法过的重要诗人越多，就越有可能获得所谓"个人调性"。

诗只是大海从一个细颈瓶口溢出来的最初几只黑尾鸥。

浪漫主义已经成为当代诗学语境中的一个负词：如果不弃此物，那也有必要改良成一种"冰镇浪漫主义"。

或有两种大自然：其一，可称为"遗迹"，亦即与人发生过关系的大自然；其二，可称为"洪荒"，亦即未与人发生过关系的大自然。中国人喜欢前者，故而好写隐逸与凭吊之诗；美国人喜欢后者，故而好写探索与生态主义之诗。

笑话！杜甫影响一代代中国人，难道是靠某种思想，比如儒家思想吗？有了孔丘，为什么还急需杜甫？

没有任何一片树叶需要向谁认错。

要想精确讲述或呈现一株芭蕉，就迫切需要不断离开这株芭蕉。

扑克牌、被子和纸巾可以对折。实木板和玻璃可以对折。草坪和江面可以对折。卡车可以对折。痛苦、意外和节日也可以对折。

铁与玫瑰都有可能生锈。

诗最痛恨的不是抽象,也不是抽象化,如果抽象已然具象化而具象已然抽象化。

诗必须焊接此二者:像龙一样的超验性,以及像韭菜一样的视觉形象。

想象力是这样一座多孔桥:虚构的桥梁,非虚构的桥墩。

诗有可能在诗人疏于防范的时候,泄露了后者不欲人知的真相(包括负面真相)。也就是说,诗不必当然效忠于诗人。

路人提问:"这条鱼多重?"渔人回答:"半斤。"这个回答具有至少四种语义可能:这条鱼不小,足有半斤;这条鱼不大,只有半斤;不要太夸张,也许还不够半斤;不要太小瞧,也许还不止半斤。最后,路人靠渔人的语气找准了语义选项。诗该怎样获得这种令人心仪的语气呢?

动词的名词化乃是古代汉语的旧传统,名词的形容词化或为现代汉语的新传统。

这是罕见的壮观:在一首诗的空白处,读者清楚地邂逅了作者。

诗至少应当把诗人抬升到一只斑鸠的高度来鸟瞰自己。

诗人有资格暗恋他的独一无二的某个缺点。

诗也有可能输在起跑线上:要看你是主动地还是被动地写出了这首诗。

诗也许存有这样两种废品:低级的废品,高级的废品。后者是在与前者的搏斗中的败北者，具有一种自刎于乌江的烈士气概。

诗应该具有积雪消融后的山体之清洁与峭拔。

无论是从何种角度来看，诗的表演性都是诗的走神。

诗里面的"奶油"或"甜腻"，如果不是戏拟，不是反讽，就只会让人发吐。而经过后现代主义的教育和改造，"奶油"或"甜腻"可望承担起"反奶油"或"反甜腻"的重任。

诗亦可望获得水墨般的偶然性效果。

游泳池可以建在树梢，建在云端，以便诗来戏水。

诗人应该有能力让某种隐逸心理与诸如此类的场所发生关联：牙科诊所、宠物医院、酒吧、街头咖啡车、米粉店、健身房、工商银行或别的什么银行、足球场、湿地公园、罐头厂、火车站、游轮或廉价到让人难以置信的青年旅馆。

议论是诗之慢性病。

"有限"从一个小孔偷窥"无限"。这个小孔，可以命名为诗。

"虚无"既是一片瘠地——就连美人壮士，也不能在这里生根；又是一块沃原——只有一种植物，最适合在这里发芽。这种植物，可以命名为诗。

诗的"有力"来自于对"无力"的认领。

为什么我们会为了一首诗而争论不休？因为，诗有四重语义空间：其一，作者的隐义空间（对个别读者开放，或不对任何读者开放）；其二，作者的显义空间（对所有读者开放，具有不确定的公共性）；其三，某个读者的衍义空间（以显义为前提，具有偶然性）；其四，多数读者的衍义空间（以显义为前提，具有更加不确定的公共性）。

感叹号是不自信的表现——与其用来贿赂某种冲击力，不如用来鼓励真正意义上的示弱。

一个长藤缠绕般的句子竟然跨过了四行，乃至五行或六行，如果不是为了惊险地表演惊险，那就定是为了沉闷地展览沉闷。

诗的豹尾或貂尾不在末行，而在末行后面的幽谷（看似空荡荡的幽谷）。

一个字或词穿过一首杰作——就像穿过一个太阳系——终将获得比刚摘下刚剥开的荔枝还要新鲜的"意义"和"肉身"。

我们置身于此时此地，并非没有机会这样说："鲁迅或聂绀弩还没有出生。"

每个读者都是诗的补给站。

诗最终将我们导向缄默（有点像个哑巴亏）。

诗人，啊，诗人——你既可以给一匹马插上翅膀，也可以给一个喷嚏插上翅膀。

我数着一根根肋骨，直到数出一匹芭蕉叶。

我还有那么一点儿剩勇，用来喂养正在发育的畏惧感。

后　记

　　《片羽》所录均为短诗，定稿于 2019 年至 2022 年。附录《诗珠》（节选）乃是诗学札记，得稿于 2014 年至 2022 年。诗与诗学札记，当然可以互训。《诗珠》曾名《屠龙术》，目前仍在续写，已得一千六百余条，窃愿能有机会出版单行本。

　　《片羽》中所收录诗作曾选发于《诗刊》《青年文学》《扬子江诗刊》《西部》《四川文学》《红岩》《广西文学》《滇池》《鸭绿江》《草原》《民族文汇》《星星》《诗潮》《诗林》《诗选刊》《草堂》《江南诗》《汉诗》《文学港》《文学教育》《黄河文学》《当代中国生态文学读本》《诗建设》《一行》《端午》《散文诗世界》《建安》《后天》《小诗界》《理想》及《诗参考》，曾被鸭先知编译团（Duck Yard Lyricists）、休斯（Peter Hughes）先生、康书雅（Sophia Kidd）博士、胡志国副教授、游心泉先生和秦尊璐女士选译为英文，得到过草树先生、辛泊平先生、何冰凌女士、赵目珍博士、马晓雁副教授和夏金兰副教授的评点或谬赞。

　　《诗珠》曾节发于《中西诗歌》《唯美》《钟山》《诗建设》《散文诗》《长河》及《散文诗世界》。

　　感谢杨碧薇博士为本书作序。她入职以后，继续写新诗，写传奇，写诗评，写乐评，写影评，写论文，写专著，出席各种活动，各种忙，居然还是抓住了一个喘息之机来作序。这里似乎有必要补充一句：她独创了一种文体，幻想小说加超现实散文，并欣然于这种文体被我命名为传奇。

感谢安琪女士、张光昕博士为本书撰写推荐语。

感谢冷冰川先生提供刻墨作品。他的刻墨绘画天然就是"诗性之物"，似是陈老莲和比亚兹莱（Aubrey Beardsley）的混纺，或是古希腊瓶画、日本浮世绘、春宫画、古典小说绣像、刺绣和民间木版年画的混纺，然而他又那么空无依傍，一下刀，仿佛就已经自立门户。他曾与屠岸、灰娃、祝勇、洁尘等作家，联袂创制图文读物，风行于中国美术界和文学界。当然，所有刻墨绘画都是独立作品，并非专为任何作家或文字配图。我甚至倾向于认为，不读我的诗，只看他的画，本书也会独立成一个完整的奇迹。

感谢王家新教授、陈先发先生和敬文东教授一起推荐本书，我也乐于把本书献给他们——王家新是当代诗的良心，陈先发是汉语的嫡子，而敬文东则是非常杰出而罕见的诗学专家。

这篇后记就要收尾，此刻，夕阳西悬，柔光东染，阳台上的几盆水仙，用异香取笑了书房里的万卷。我头脑发蒙，眼睛生涩，既为了偷懒，又为了认真，便只好抄来吾乡之先贤张船山那首《诗料》作结："直把浮生作诗料，闲看诗稿定行藏。中年入仕犹潦草，他日游仙更渺茫。世网自开容我退，才名难盗任人狂。编成早晚焚丹鼎，手散红云拜绿章。"

胡亮

2022年3月7日

片羽　胡亮诗选2019—2022

出 品 人	郭文礼	选题策划	刘文飞	责任编辑	刘文飞
复　　审	陈学清	终　　审	古卫红	内文插画	冷冰川
书籍设计	张永文	印装监制	郭　勇		

项目运营｜有度文化·刘文飞工作室　　投稿邮箱｜liuwenfei0223@163.com

微　　博｜http://weibo.com/liuwenfei　　微信公众号｜YOUDU_CULTURE